De KB017658

내가 가장 사랑하는
엄마의 얼굴을 그리거나
사진을 붙여 선물하세요.▶▶

꽃보다 더,
아름다운 당신에게

20 . .

엄마도 엄마를
사랑했으면 좋겠어

일러두기

- 오늘날의 어법과 맞춤법에 따르되, 작가만의 독특한 어휘나 사투리는 살렸습니다.
- 특히 대화체는 사투리와 입말을 최대한 살렸습니다.

엄마도 엄마를
사랑했으면 좋겠어

from
장해주
지음

누군가의 딸, 아내, 엄마이기 이전에
나 자신이었던 당신에게

영원한 내 편,
사랑하는 엄마에게 보내는
다정한 응원!

허밍버드
Hummingbird

엄마가 엄마를
사랑했던 시간

얼마 전 제주도 여행에서 돌아오며 공항 면세점에 들러 엄마에게 립스틱을 선물했다. 이 색깔, 저 색깔 발라보게 하며 엄마에게 딱 맞는 립스틱을 골라주면서. 거울을 들여다보며 립스틱을 발라보는 엄마의 모습이 도대체 얼마 만인지. 새삼 감동까지 밀려들었다. 그리고 그런 엄마를 보며 나는 입술이 마르도록 칭찬을 했더랬다. 립스틱 하나만 발랐는데 얼굴에 화색이 돈다는 둥, 우리 엄마 정말 예쁘다는 둥, 이제 제발 화장도 좀 하고 지금처럼 립스틱도 잘 바르고 다니라며. 딸내미 칭찬이 그렇게나 기분이 좋은지 엄마는 연신 진짜 그렇게 예쁘냐고 되물었다.

그날의 립스틱이 엄마에게 어떤 전환이 되었던 걸까. 엄마가 낮은 음성으로 말했다. 나도 이젠 정말 나를 좀 가꿔야겠다고. 나를 좀 사랑해줘야겠다고.

나도 좀 가꿔야겠다, 나를 좀 사랑해야겠다는 그 말에 잠시 엄마의 얼굴을 찬찬히 살펴봤다. 언제나 꽃각시 같을 거라고 생각했는데. 엄마의 얼굴엔 나이를 가늠케 할 흔적들이 다분했다. 눈가 언저리에도 입가 어느 즈음에도 어느덧 주름이 차곡차곡 자리잡고 있었고 탱글탱글 하던 피부는 근육이 빠져 조금 지쳐 보이기도 했다. 하지만 그러는 동안에도 엄마는 엄마를 돌볼 수가 없었다. 시간이 없어서도 아니었고 스스로를 챙길 줄 몰라서도 아니었다. 그저 엄마가 엄마를 돌본다는 건 그 자체만으로도 사치처럼 여겨져 스스로가 소멸시켜 버렸던 건 아닐까. 엄마가 엄마를 사랑했던 그 시간, 엄마가 스스로를 사랑할 수 있었던 그 시간들은 어디로 흘러가버린 걸까.

　엄마의 인생을 들여다보며 써내려간 이 글과 시간들은 내게 있어 조금은 아프기도, 조금은 애잔하기도, 또 못내 행복하기도 했다. 이 글이 우리 엄마뿐 아니라 다른 엄마들에게도, 또 나와 같은 딸로 살아가는 이들에게도 어떤 작은 위로가 되었으면 좋겠다는 그런 생각에. 그런 마음에.

　어두컴컴한 길을 걷다 보면 무섭기도 하고 두렵기도 하고. 그러다 저 앞에 옅게 켜진 가로등 하나를 봤을 때의 그 안도감, 그리고 잠깐의 위로 같은.

　나의 이 글은 여자로, 엄마로, 또 모녀라는 이름으로 살아가는 모든 사람을 포함해 가족이라는 둘레로 살아가는 나, 너, 우리에게 그런 책이 되었으면 한다. 외로운 길에 잠깐이지만 내 편이 되어주는 그런 책. 그런 평범한 위로가 전해지는 책이었으면 좋겠다. 누구나가 읽고 공감할 수 있고 또 자신의 그 지난 날이 겹쳐져 울 수도 있고 그런.

이 글이 책으로 엮어져 나왔을 때 읽어볼 우리 엄마에게도, 그리고 모든 독자들 한 사람, 한 사람에게도 그런 평범한 위로와 평안이 함께하길. 꼭 그렇게 되길.

엄마, 그리고 엄마라는 이름의 꽃 같은 그대들에게.

2020년 04월
장해주

나는 엄마의
얼굴이 좋다

1부

어쩌면 처음으로
엄마를 제대로 보았다   4부

1부

—

나는 엄마의 얼굴이 좋다

우리 엄마는

        담배 피우는
        여자다

내게 엄마의 냄새를 묻는다면 다른 누군가가 말하는 흔한 푸근함, 포근함, 정겨움 같은 것들과는 거리가 멀다. 내게 엄마의 냄새는 으레 말하는 그런 것들보다 담배 냄새가 더 익숙하다.

우리 엄마는 담배 피우는 여자다. 시골집 바깥 테라스에 앉아 담배 피우는 걸 즐긴다. 봄이면 집 앞 과수원에 파릇하게 올라온 복숭아 싹을 보면서, 여름이면 고개 너머 불어오는 바람에 땀범벅이 된 몸을 식히면서, 가을에는 파란 하늘 밑을 지붕 삼아서, 겨울이면 자박자박 내리는 눈을 보며 어딘가의 기억을 더듬듯이. 늘 똑같이 담배를 피우지만, 계절마다 담배를 입에 문 엄마의 모습은 마치 카멜레온 같다.

엄마가 담배를 피우기 시작한 건 내가 아홉 살 무렵이었다. 그때 엄마 나이가 스물아홉. 엄마는 이혼녀가 됐다. 한창 꽃물이 올라 예쁘기만 할 스물하나에 엄마가 됐고 9년 뒤 이혼을 했다. 생때같은 두 남매도 고스란히 빼앗겼다. 엄마 인생 전부가 사라지는 순간이었다. 가정도, 품 안에 뒹굴던 두 아이도, 남편도, 빛나야 할 20대에 엄마가 되느라 흘려 버린 그 시간들까지도. 그때 엄마는 어떤 마음이었을까. 무엇에 의지해야만 했을까.

덧없이 흐른 시간에 분노했을지도 모를 일이었다. 매일 밤 토끼 같은 눈망울로 엄마를 바라보던 두 자식이 그리워 몸부림을 치고 허벅지에 피멍이 맺히도록 때리며 울음을 삼키는 날들을 이어갔을지도 모를 일이었다. 막 올라오는 꽃망울보다 더 찬란했던 그 시절을 빼앗겼단 허무함, 자신의 온 마음과 온몸을 바쳤던 가정이 공중으로 흩어졌는지 땅으로 꺼져버렸는지 모를, 그 상실감을 오롯이 받아들이며 좌절했을지도 모를 일이었다.

엄마는 그때부터 담배 피우는 방법을 배웠다. 엄마는 금방 담배와 친숙해졌다. 담배 한 모금에, 한 개비에 시름을 날리기도 했고 고달픈 이혼녀의 인생을 녹여버리기도 했다. 그렇게 엄마 안에 남은 찌꺼기와도 같은 감정들을 지워내며 엄마 자신을 달래는 법도 제법 알아갔다. 문득 지난 시간을 거슬러 돌아볼 때마다 왼쪽 가슴 언저리가 아릿하고 뻐근해지기도 했지만 그럴 때마다 이걸 배워두기 잘했다며, 담배로 위안을 삼곤 했다.

그런 시간들이 얼마쯤 지났을까. 품 안에서 놀던 자식들은 어느덧 훌쩍 자라서 돌아왔고, 엄마는 새 가정을 꾸렸다. 엄마의 인생이 다시 시작되는 순간이었다. 20대의 순수함을 넘고, 30대의 가슴앓이를 넘고, 40대의 세상살이에 대한 처절함을 넘고, 50대에 엄마는 비로소 제대로 된 자신을 찾았다. 그렇게 곧 60대를 바라보는 나이가 됐다. 그동안 엄마는 도시의 여자에서 척박한 땅을 일구며 땀을 흘리는 농부의 아낙이 되었고, 제법 억척을 떨며 새끼보다 더 새끼다운 과실들을 만들어내기도 했다. 엄마는 그 사이에 보기 좋게 그을린 피부와 건강한 주름살, 그리고 해사한 웃음을 덤으로 얻었다.

엄마는 여전히 담배를 피운다. 이따금씩 진한 입술담배를 피워대며 "내가 왜 아직도 이걸 이렇게도 못 끊고 달고 사는지 모르겠다." 어리광 섞인 소리를 하며 웃기도 하지만 엄마는 아직도 무언가 지워내야 할 것들이 남아 있나보다.

오늘도 엄마는 변함없이 담배를 피운다. 나는 엄마가 담배와 이별할 날을, 담배가 엄마 인생에서 떠나 작별할 그 시간을 가만히 더듬어본다. 그때에는 담배가 아닌 다른 무언가가 엄마의 인생을 지탱해주리라 믿는다. 그것은 어떤 거대한 큰 손이어서 엄마가 이따금씩 걷게 되는 지난 시절의 어두운 터널에서 영영히 엄마를 빼내줄 것을, 앞으로 빛나는 길 가운데로 이끌어줄 것을, 나는 두 손 모아 기도한다.

두 번

결혼한
여자

엄마에게는 남다른 특기가 하나 있다. 바로 '눈치 보는' 기술이다. 상대의 미묘한 표정 변화와 말투로 기가 막히게 그 사람의 컨디션을 알아챈다.

재혼 후부터였을까. 엄마의 눈치 기술은 원래도 뛰어났지만 한층 더 탁월해졌다.

나의 곁엔 일찌감치 아빠가 없었다. 아빠의 얼굴이 지금은 흐릿하다 못해 묽게 지워져 있다. 엄마와 같이 살게 된 후 나는 딱 한 번 아빠를 만났었다. 내가 중학교 2학년 때. 그 후론 단 한 번도 만난 적이 없다. 나의 생물학적 아빠는 그때까지도 과거와 다르지 않은 창창함이 만연했고 또 그때까지도 여전했다. 그런 아빠의 모습에 나는 적잖이 실망을 했었다. 그러곤 어린 마음에 상처만 가득 안고 돌아와 다시는 아빠를 만나지 않겠다고 엄마에게 말했던 기억이 있다.

엄마는 아빠가 나를 엄청 사랑했었다고 말해주기도 했지만 그때는 내가 아주 어렸을 때라 아무래도 기억나지 않는다. 그러니 결국 나는 아빠의 사랑을 모르는 게 맞다. 사랑의 기억이란 언제나 주고받은 향기가 나야 하는 법이니까.

이런 내게 어느 날 갑자기 아빠가 생겼다. 엄마는 내가 열일곱이 되던 해에 재혼을 했다. 그런데 참 이렇게나 어색하고 불편할 수가. 생전 없던 아빠가, 더군다나 피 한 방울 안 섞이고 나와는 생판 남인 그가, 내 아빠가 '되었다고' 했다. 나의 의중과 나의 선택과 나의 그 어떤 것과도 상관없이 그냥 그는 나의 아빠가 되었다.

엄마가 재혼에 대해 은근히 내게 물어왔을 때 나는 아주 간단히 말했었다.

"엄마 인생이잖아. 요즘 세상에 누가 자식들한테 매여서 자기 인생도 못 살아. 그건 좀 촌스럽다 엄마. 좋은 사람 있으면 만나. 나는 엄마가 내 엄마로만 사는 거 싫어. 여자로 살 수 있으면 살아."

그런데 이게 나의 인생과도 연결되는 거라곤 꿈에도 상상하지 못했던 것이다. 단지 엄마의 인생을 살길 바랐던 건데. 나는 아빠라는 존재 자체를 받아들일 준비가 전혀 돼있지 않았다.

그 당시 나에게 아버지는 이렇게 나뉘었다. 나와는 전혀 상관도 관련도 없는, 그저 엄마의 전남편과 지금의 남편. 그 두 남자를 나는 오로지 엄마의 남자들로만 인식하고 있었다. 그들과 내 현실은 아무런 상관이 없었다. 그러나 그때부터였다. 나와 엄마, 그리고 나의 아빠가 된 그와의 전쟁은.

나는 최대한 '그'를 마주치지 않는 것에 최선을 다하고 애를 썼다. 하지만 불가항력적으로 어쩔 수 없이 얼굴을 봐야 하는 상황에선 늘 아무런 표정도 짓지 않았고 그가 묻는 말 외에는 하루 종일 말도 하지 않았다. 어쩌다 엄마가 그와의 관계 개선을 위해 일부러 심부름을 시킬 땐(호칭을 꼭 불러야 하는 일을 시킨다. 가령 식사 때라든지), 나도 일부러 그런다. 엄마 들으라는 듯,

"저기요, 엄마가 식사하시래요."

'저기요'라는 말에도 그가 하는 말은 참 기가 막혔다.

"그래~ 밥 먹자."

나의 완패였다. 그저 묵묵히 받아주는 그를 이길 방법도, 도리도 없었다. 어쩜 그럴 수 있을까. 그때 그의 표정에는 아무것도, 정말 아무것도 담겨 있지 않았다. 저기요, 라는 내 말이 무색할 만큼.

이런 나를 우리 아빠는 장장 10년이란 세월 동안 묵묵히 지켜봐주었다. 내가 못되게 하든, 나쁘게 대하든. 그건 아무래도 상관이 없는 사람처럼.

내가 그러는 동안 엄마는 재혼한 남편과 사춘기 저리 가라 날뛰는 딸 사이에서 이 눈치, 저 눈치 보느라 그 긴긴 세월을 보냈다.

지금의 남편에게 혹여 내 자식들이 밉보여 미움이라도 받을까봐 이 눈치, 내 자식들이 지금의 남편을 싫어할까봐 저 눈치. 두 번 결혼한 게 무슨 죄라도 되는 것처럼 엄마는 끊임없이 눈치를 봤다. 엄마는 그 10년의 세월도 엄마 자신으로 살지 못했다. 재혼이 대단히 큰 잘못도 아닌데.

엄마에게 지난 세월은 습관처럼 굳어진 걸까. 서로가 서로를 받아들이고 함께 살아내는 진짜 가족이 된 지금도 눈치를 본다. 어쩌다 꺼내놓을 수 없는 마음이 답답해 꾹꾹 눌러서 엄마에게 전화 할 때면,

"너 무슨 일 있어? 목소리가 왜 그리 힘이 없어?"

"나 평소랑 똑같았는데. 티⋯⋯나?"

"내 속으로 낳은 내 딸인데, 그것도 모를까봐?"

엄마의 말에 나는 풋, 하고 웃어버린다. 반박할 수 없는 사실이기 때문이기도 하지만 엄마의 눈치 센스가 정말 감격스러워서다. 그러다 문득 엄마의 '눈치 기술'에 변화가 생겼다는 걸 알게 됐다.

지난 세월. 어떤 날은 가슴을 먹먹하게, 어떤 날은 뼛속까지 시리게 했던 지난한 눈치 싸움이 어쩌면 지금은 가족을 조금 더 사랑하기 위해, 보듬기 위해, 아껴주기 위해 쓰이고 있는 건 아닐까.

우리 엄마는 두 번 결혼한 여자다. 그리고 나는 두 번 결혼한 그 여자의 아주 특별한 딸이다.

엄마를

본연으로
돌려놓고 싶을 때

엄마와 아빠가 귀농을 한 지도 어느새 20년이 다 되어간다. 엄마는 그동안 삶이 180도 바뀌었다.

어느 날인가. 엄마의 옷장을 열어보니 마땅한 외출복 하나 없이 죄다 밭일할 때 입는 후줄근한 옷뿐이었다. 그리고 죄다 낯익은 옷가지들이었다. 내가 대학교 때 썼던 모자며 티셔츠며 남방이며 바지며. 세상에 내가 한 번씩 옷 정리를 할 때마다 죄다 쓸어가더니. 그 옷가지들이 전부 엄마의 옷장에 차곡차곡 정리된 채로 자리 잡고 있었다. 내친 김에 신발장도 열어보니 구두 한 켤레가 없다. 글쎄 언제 적 사준 운동화가 아직도 신발장 한 자리를 떡하니 차지하고 있었다. 엄마의 옷장과 신발장을 물끄러미 바라보고 있자니 과거 엄마의 옷장이 떠올랐다.

그 시절 엄마의 옷장은 참 화려하기도 그렇게 화려할 수가 없었다. 색색별 정장바지에, 디자인별로 주욱 걸린 블라우스며. 나는 그때 엄마가 구두가 아닌 신발을 신은 걸 본 적이 없었다. 뿐이던가? 화장대는 온갖 색조 화장품이며 립스틱이며……

열세 살. 어린 내 마음에 따끈따끈 불을 지피는 것들은 핸섬한 아이돌 오빠도 아니었고 반에서 인기 많은 남학생과 짝꿍이 됐을 때도 아니었고 그래서 같은 반 여자 친구들의 온갖 부러움과 시기를 받을 때도 아니었다. 엄마가 외출 준비를 하는 모습을 볼 때였다. 화장대 앞에서 화장을 할 때, 옷장 앞에서 입을 옷을 고를 때, 헤어드라이기와 롤빗으로 헤어스타일을 만들 때. 엄마의 그 모습을 보면 괜스레 심장이 콩닥거리고 가슴이 두근두근 설렜다.

엄마가 화장을 할 때나 헤어를 손질할 때면 꼭 그 곁에 붙어 앉아 "엄마, 그건 왜 그렇게 칠해?" "엄마, 입술엔 왜 그렇게 선을 그려?" "엄마, 엄마 머리는 왜 빨간빛이 나?" "앞머리는 왜 그렇게 세워?" 열세 살 여자아이의 눈에 비친 온갖 신기한 풍경들을 그렇게 표현해대며 엄마에게 끊임없이 질문을 퍼부었다. 그럴 때마다 엄마는 짜증 한 번 내지 않고 매번 내 물음에 대답을 해주곤 했다. "입술에 선 그리는 건 모양이 더 예뻐 보이라고~" "이렇게 앞머리를 세우는 게 요즘 유행이야~" "빨간빛이 나는 건 염색을 해서 그래. 우리 해주도 어른 되면 엄마가 예쁘게 염색 시켜줄게."

옅은 와인색이 감도는 염색 머리를 길게 늘어뜨리고, 정장을 갖춰 입고, 예쁘게 화장까지 한 엄마는 치장이 끝나면 나에게 꼭 묻곤 했다.

"엄마 이뻐?"

엄마가 예쁘냐고 물으며 환하게 웃는 그 모습은 지금 떠올려도 참 예쁘다. 하늘에서 선녀가 내려와도 우리 엄마보다 예쁠까, 생각했으니까. 그때까지 나는 우리 엄마보다 젊고 예쁜 엄마를 본 적이 없었다. 친구들 엄마 중에서도 우리 엄마가 제일 젊고 예뻤다.

그러나 엄마가 귀농을 시작한 후부터 모든 것이 바뀌었다. 구두 대신 운동화를 신기 시작했고 정장 대신 편한 청바지나 면바지를 입기 시작했고, 옅게 도는 와인색 머리칼에는 희끗희끗 흰머리가 돋았으며 그 머리를 하나로 질끈 묶는 게 일상이 돼버렸다. 현실의 치열함에 맞서는 데 멋이란 건 엄마에게 참 거추장스러운 것이 돼버렸기 때문이다. 세상에서 가장 예쁜 도시 엄마는 억척스러운 시골 엄마가 되었다.

지금의 엄마는 뭐든 아끼고 아끼고 또 아끼고. 시골에서는 도시와 달라서 모든 게 귀하다는 게 그 이유다. 그래서 무조건 아끼고 본다. 그러다 결국 써보지도 못하고 버리는 것들도 있다.

한 번은 냉장고에 있는 마스크 팩들을 보니 유통기한이 훨씬 지나 있었다. 가만 보니 이것도 내가 작년쯤에 사준 거였다. 마스크 팩이 떨어질 때가 된 것 같아 엄마에게 물어보면 늘 "있어, 있어" 하더니. 이걸 두고 그랬던 것이다. 엄마에게 날짜가 지나서 이것들은 못 쓴다고, 버려야 한다고 말하며 버릴 찰나였다. 엄마의 목소리가 다급하다.

"냅둬. 그거 여름에 밭일하고 붙이면 얼마나 시원한데. 써도 아무 이상 없더라. 아까우니까 버리지 말고 그냥 둬. 나 쓸 거야."

세상에. 이토록 기막힌 말이 또 있을까.

"엄마 버릴 만하니까 버리는 거고, 버려야 또 새것이 생겨. 아끼기만 한다고 능사가 아니거든요?"

그러거나 말거나. 엄마는 내가 버리려고 꺼내둔 마스크 팩 하나를 톡 까서 보란 듯이 얼굴에 붙이고는, TV를 틀고 소파로 가서 벌러덩 눕는다. 이렇게 바득바득 소신대로 하겠다는 엄마를 이길 방법은 사실 없다. 그저 엄마가 이걸 쓰고도 아무 탈 없기를 바랄 뿐. 아! 요즘 주름이 는다고 엄마가 속상해했었지. 당장 달팽이크림부터 주문해야겠다.

그 시절 "엄마 이뻐?"라며 환하게 웃었던 엄마의 그 한때를 잠시나마 돌려주고 싶다. 그래서 앞으로는 제일 좋은 거, 예쁜 거, 아름답고 고운 것들로만 엄마를 채워주고 싶다.

엄마도

　　엄마를
　　사랑했으면 좋겠어

"그거 샀냐~. 너 입은 티 색이 참 이쁘다."

외할머니의 한마디에 엄마는 단 1초의 망설임도 없다.

"이뻐? 엄마 입으실래? 맘에 들면 엄마 입으셔."

입고 있던 티를 냉큼 벗어주는 엄마. 당신도 몇 년 만에 마음먹고 하나 장만한 티셔츠였다. 그 모습을 보고 있자니 왠지 모를 황망함이 밀려들었다.

"엄마. 그거 이번에 산 거 아니야?"

"너, 입 다물어. 아무 소리 하지 말어."

엄마는 내게 낮게 읊조리며 눈짓으로 그만 말하라는 사인을 보낸다. 사실 이런 일이 비단 이번만 있었던 것은 아닌지라 나는 또 하고 싶은 말을 꿀꺽 삼키고 틀어뒀던 TV 볼륨을 높였다. 그렇게 TV를 보며 답답한 마음을 달래고 있을 때였다. 엄마가 막 빤 걸레를 들고 화장실에서 나오더니 청소를 하기 시작했다. 연신 걸레를 빡빡 밀어대며,

"아휴, 느네 외할머니도 이제 진짜 늙으셨나보다. 웬일이래니 이게. 방바닥에 머리카락 떨어진 꼴을 못 보시는 분인데. 어머, 여기 먼지 좀 봐봐. 진짜 웬일이야~. 이런 먼지를 보고 그냥 둘 사람이 아닌데……, 에휴."

엄마는 청소를 하는 건지 할머니 걱정을 하는 건지 모를

말들을 주저리주저리 쏟아놓으며 쥐고 있던 걸레를 더 다부지게 붙들고 힘주어 방바닥이며 서랍장들을 닦아댔다. 나는 그 모습을 그저 못 본 척, 안 본 척 그렇게 시치미를 뚝 떼고 TV만 들여다봤다. 어차피 엄마의 말에 대꾸해봤자 내 속만 터져서 결국 못된 싱낄미리기 튀어나올 테고 오랜만에 올라온 엄마는 마음만 상할 테니까. 시골에서 그 고생을 하다 잠시 짬을 내어 올라와 놓곤 여기에서 또 걸레를 들고, 할머니의 말 한마디에 티를 벗어 주고. 내가 보기에 엄마의 모습은 여간 속 터지는 모양이 아니었다. 그러나 그건 엄마의 성격이 그런 탓이다. 보고도 내버려두는 법을 모르는. 결국은 당신 손으로 해결을 해야만 직성이 풀리는.

　하던 걸레질을 마친 엄마는 벽시계를 슬쩍 보더니 밥할 때가 되었다며 쌀을 씻고 조금 전 사온 삼겹살을 냉장고에서 꺼내고 파채를 무치고 된장찌개를 끓이고 김치를 썰고. 저녁 밥상을 푸짐하게 준비하기 시작했다. 그러더니 밥을 먹는 내내 당신은 한 점도 안 먹는 고기를 굽고 굽고 또 굽고. 내가 구울 테니 엄마 좀 먹으라고 그렇게 권해도 결국 엄마는 다른 식구들이 어느 정도 배가 불러 젓가락질이 뜸해질 때쯤 수저를 들었다. 그 모습에 하루 종일 참았던 화

한 덩이가 울컥, 하고 올라왔다.

"그렇게 몸을 써대니 허리 성할 날이 없지. 엄마 몸 좀 아껴. 주인 잘못 만나 걔는 무슨 고생이야?"

나는 애먼 허리 탓을 하며 엄마에게 하고 싶었던 그 무수한 싫은 소릴 대신 했다.

홀로 젓가락을 열심히 놀리며 밥을 먹는 엄마의 모습이 짠한 것보다 왜 그렇게 부아가 치미는지 정말 모를 일이었다. 오랜만에 올라온 외할머니 집에서 피곤한 몸도 좀 누이고 그저 좀 쉬면 좋으련만. 엄마에게 그건 아무래도 힘든 모양이다. 다른 사람들에게 참 쉬운 '쉬는 일'이 엄마에겐 왜 그토록 힘든 걸까.

"내 엄마지만 진짜 별나. 올라왔으면 좀 누워서 쉬고 그러지 내내 걸레질하고 밥하고. 집안일 좀 내버려두면 어때? 엄마는 엄마가 다 해야 직성이 풀리지."

결국 나는 내가 하고 싶은 말을 참지 못하고 터뜨려버렸다. 엄마는 내 말에 별다른 대꾸가 없다가 밥을 다 먹었을 때쯤,

"보고도 내버려둘지 모른다고? 내가 해야 직성이 풀린다고? 나도 사람이고 네 엄마도 늙어. 만사 다 귀찮아서 진

짜 다 버리고 싶을 때도 있고 밥이며 설거지며 청소며 매일 누가 좀 와서 해줬으면 좋겠고. 그래서 손도 대기 싫을 때도 있어. 근데 왜 하냐고? 내가 안 하면? 누가 하냐. 네가 할래?"

엄마의 말에 말문이 턱히고 막혀버렸다. 이럴 때 엄마는 정말 논리 정연하다. 그리고 이럴 때 엄마를 이길 방법은 없다. 이런 상황일 때 내가 쓸 수 있는 방법은 단 하나다. 그냥 내가 속상한 걸 다 토해내는 거.

"아까 그 티! 그것도 그래. 할머니 그냥 하나 사드리면 되지. 입고 있는 걸 그렇게 벗어던져야 돼?"

엄마가 나를 흘기더니 한소리 한다.

"어휴 저 못된 년. 저런 게 어떻게 내 배에서 나왔어, 그래~. 엄마가 그리할 때는 그럴 이유가 있는 거지. 할머니가 사시면 얼마나 사시냐? 너도 나이 먹어봐. 별 거 아닌 거에도 그냥 좋고 마냥 기쁘고 애처럼 그런 거야."

시골에서 농사를 지으며 티셔츠 하나 살 때도 몇 번이나 고민하는 엄마가, 그 티셔츠를 사고 입으며 설렜을 엄마 얼굴이, 그저 떠올랐을 뿐이었다. 엄마가 정말 괜찮은 건지를 묻고 싶은 거였다. 그런데 그 말은 하기도 전에 나는 이미 무언가 대단히 나쁜 손녀에 엄마 마음 따위는 생각도 안하는 철 안 들고 속 모를 딸이 돼있었다. 순간 뭔가 굉장히 억울한 마음이 들었다.

"아니 엄마! 정말 엄마 괜찮은 건지 그거 물어보려는 건데 뭐가 이렇게 못되고 나쁘고. 그리고, 나도 지금 내 엄마 걱정하는 중이거든?"

씩씩대는 날 보며 엄마가 갑자기 키득키득 웃기 시작했다. 이게 도대체 무슨 상황인가, 싶어 엄마를 의아하게 쳐다보았다. 엄마가 웃음을 멈추고는 말하길, 지금의 내 모습을 보니 꼭 젊은 날의 자신 같다고 했다. 그리고 지금 자신의 모습이 바로 할머니의 젊은 날 모습이라고도 덧붙였다.

엄마는 저녁 밥상을 치우려다 말고 어느 과부 이야기를 하나 해주었다. 젊을 때 남편을 잃고 홀로 딸을 키운 할머니 이야기를, 자신의 모든 걸 내어주며 딸에게 헌신했던 자신의 엄마 이야기를, 그러고도 또 주변 힘든 사람들을 보면 그냥 지나치지 못하고 없는 살림에도 이웃과 나누고 살던 젊은 과부의 이야기를.

외할머니가 엄마를 그리 키웠다고 했다. 자신의 모든 것을 다 내줘가며. 주변과 나눠가며. 엄마는 그런 할머니를 보고 자랐다고 했다. 그 피를 타고 난 자신도 그래서 어쩔 수 없는 거라고.

"근데 엄마, 나는 안 그러고 살 건데? 그리고 그건 할머니 얘기고 다 옛날 이야기잖아. 지금 누가 그러고 살아?"

엄마는 이런 내가 이젠 별스럽지도 않다는 듯 말했다.

"네가 돌연변이라서 그런 거지~. 어휴, 저걸 내가 낳았네, 내가 낳았어."

머리를 절레절레 흔들며 다 먹은 밥상을 물리고 설거지를 하려는 엄마. 내가 설거지를 하겠다고 해도 한사코 자신이 하겠다는 엄마. 결혼하면 누가 하지 말래도 평생 궂은일 다 하고 살 거니까 벌써부터 하지 말라는 엄마. 자신은 그리 살았어도 내 딸만큼은 그렇게 안 살게 하겠다는 엄마.

그런 엄마의 뒷모습을 물끄러미 바라보며 나는 생각한다. 엄마도 엄마를 좀 사랑했으면 좋겠다. 나를 사랑하는 것만큼. 엄마라는 이름이 얼마나 위대하고 가치 있고 아름다운 존재인지 순간순간 잊지 않길. 설거지를 하는 그 순간에도 청소를 하는 그 순간에도 밥을 하는 그 순간에도. 엄마가 엄마라는 이름으로 하는 모든 것은 극진한 대우를 받기에 충분하다고. 그렇게 스스로를 독려하는 엄마가 되었으면 좋겠다고. 엄마이기에 모든 것을 희생하고 헌신하고 양보하는 것이 아닌, 때론 자신을 위해 가장 좋은 것을 먹을 줄도 알고 자신을 위해 가장 좋은 것을 취할 줄도 아는. 엄마가 빛나야 엄마의 가족이 반짝반짝 빛날 수 있다는 것을.

과거 자신의 엄마가 그렇게 살았기에, 또는 모든 엄마가 그렇기에, 세대가 바뀌어 그렇지 그 시절 엄마들은 다 그랬었기에 나도 그런 엄마가 되어야 하는 것으로 스스로를 몰아넣지 않길.

엄마도 엄마를 사랑했으면 좋겠다. 진심으로.

엄마도

　　　엄마가 되는 게
　　　꿈은 아니었다

내가 중고등학생 때 할머니에게 종종 듣던 말이 있었다.

"해주야, 너 나중에 코쟁이랑 결혼해라."

코쟁이? 외할머니가 말하는 코쟁이는 백인, 그러니까 내게 국제결혼을 하라는 말이었다.

"나 코쟁이랑 결혼하기 싫은데……. 난 한국 사람이 좋단 말이야."

"왜~ 네 애미는 학교 다닐 때 맨날 그 편지인가 뭐시긴가 쓰면서 코쟁이랑 결혼한다고 노래를 부르고 그랬는데."

까막눈의 설움을 달래려 할머니는 엄마에게 늘 공부, 공부를 외쳤다고 한다. 그런데 사실 엄마는 공부와는 친하지 않았다. 할머니의 바람에 따라 책상머리에는 앉았지만 늘 거기에 앉아 라디오를 들으며 편지 쓰길 즐겼다고 했다. 당시 엄마의 최대 관심사 중 하나는 코쟁이와의 결혼이었다.

매일 밤 엄마는 국제결혼을 꿈꾸며 꼬부랑 글씨를 외우고 공부해서 열심히 편지를 썼다. 펜팔이었다. 지금으로 치면 자신이 좋아하는 아이돌이나 연예인에게 꼭 팬레터를 쓰는 마음이 아니었을까. 어쨌든 엄마는 이렇게 매일 열여섯 꽃 같은 소녀의 꽃 같은 마음을 담아 편지를 썼다. 최대한 정성껏, 예쁘게 손으로 꾹꾹 편지를 눌러쓸 때 소녀는 어떤 마음이었을까.

엄마는 편지를 쓰며 이런 상상하길 즐겼는데 코쟁이와 함께 비행기를 타고 저 먼 나라로 떠나 잔잔한 해변가에서 결혼식을 올리는 거였다. 엄마의 꿈은 그 흔한 간호사, 선생님, 공무원도, 대단한 재벌가가 되는 것도 아니었다.

그저 키가 좀 크고 피부가 하얗고 눈동자가 에메랄드빛과 파란 바다의 그 중간쯤의 색을 띠고 있는, 맑은 눈을 가진 사람. 포근한 웃음으로 늘 엄마를 바라봐줄 수 있는 사람. 함께 있으면 편안해서 자꾸만 기대고 싶은 사람. 그런 사람과 가정을 꾸리는 것이었다. 사랑하는 그 사람과 자신을 반반씩 닮은 아이를 낳고, 그 아이를 키우며 함께 늙어가는 것. 그 시절 엄마는 소박하고 소담한 꿈을 꾸는 소녀였다.

편지로만 마음을 주고받는 것만으로도 엄마는 괜스레 얼굴이 붉어지기도 하고 그날 도착한 편지를 뜯기 전엔 심장 박동이 마구 뛰어 심호흡을 몇 번이나 하고 나서야 봉투를 조심조심 열었다고 했다. 그리고 천천히 그 속에 담긴 글들을 읽어 내려가며 엄마는 몇 번인가 웃기도 하고, 조심스레 그 편지글을 손으로 쓸어보기도 하며. 그렇게 가슴속에 소중하게 담아 혼자서 간직할 수 있는 꿈을 부풀려갔다. 그렇게 엄마는 열일곱이 되었고, 열여덟이 되었고, 열아홉이 넘어 스무 살이 되었다. 꽃망울이 열리듯 엄마의 그 해도 향이 짙은 꽃이 피는 시절이었다.

그 시절 엄마는 한 남자를 만났다. 그런데 엄마가 꿈꿔온 결혼은 자신이 꿈을 꾼 그 모든 것과는 반대로 흘러갔다. 열여섯, 그때부터 가슴에 품어온 그 소담한 사람 대신 전형적인 한국 남자를 만났고 비치 웨딩마치 대신 답답하고 꽉 막힌 결혼식장에서 식이 거행됐다. 엄마의 꿈은 그렇게 파도에 쓸려가는 모래성처럼 힘없이 휩쓸려 어디론가 사라졌다. 그 시절 언젠가 꿔본 적은 있던 꿈이었나 싶게. 그렇게 엄마는 삶의 치열한 현장으로 들어왔다.

소녀는 한 남자의 아내가 되었고 두 아이의 엄마가 되었으며 한 가정의 며느리가 되었다. 수줍게 꿈이나 꿀 형편과 처지가 아니었다. 그렇게 한 해가 가고 두 해가 가고 10년쯤 흘렀을 땐 꿈도 없고 현재도 잃고 무엇을 어떻게 하고 살아내야 할지 모르는 한 여자가 덩그러니 그 인생의 망망대해에 놓여 있을 뿐이었다.

무언가 제대로 꿈꿔보기도 전에, 그걸 위해 무언가 해보기도 전에, 엄마는 엄마의 인생 모두를 던져야만 했다. 그 처절한 삶을 감내하느라 온통 자신은 없는 그 시간들만이 엄마를 공허하게 했고 미치도록 가슴을 쥐어뜯게 했다. 그때에 엄마는 자기 자신이 무엇을 좋아하는 사람이었는지, 무엇에 웃고 울 수 있는 사람이었는지, 무엇을 해야 하는 사람인지 알 수 없었다고 했다. 그렇게 모든 걸 잃은 엄마에게 남은 건, 그저 자신이 엄마로서 산 시간뿐이라고 했다. 그러나 엄마는 다행이라고 했다. 그때 그마저도 없었다면 정말 살 힘을 모두 잃었을 거라고. 만약 그마저도 없었다면 자신의 인생은 대체 뭐였을까, 하고.

그러다 어느 날 알았다고 했다. 자식들이 다시 품으로 돌아왔을 때, 누군가와 새로운 인생을 꾸리던 날. 엄마의 꿈이 바뀌었단 걸.

처음부터 엄마도 엄마가 되고자 한 건 아니었다. 처음부터 무턱대고 그때의 자신을, 자신의 인생을 누군가에게 던져버린 게 아니란 걸. 엄마는 알게 됐다고 했다. 그 시절 끝에 남겨진 건 지금도 자신의 곁에 있는 자식들, 아프고 속상할 때 그를 들어줄 수 있는 남편과 온전히 자신을 사랑으로 받아들이고 품어주는 노모란 걸. 이 소중한 가정을 지키는 것이 엄마의 꿈이 되었다고 했다. 그리고 중년의 세월에 흘러든 자신에게 아직도 꿈을 꿀 수 있는 시간이 있다는 게, 그런 용기가 있다는 게 못내 행복하다고 했다.

엄마에겐 아직도 꿈을 꾸는 그 시절 열여섯 살 소녀의 숨결이 느껴진다. 소중하고 잔잔하고 너무나 연약해서 안으면 곧 부러질 것만 같은.

이젠 누군가의 꿈을 꾸지 않길. 꾸다 만 꿈들이라고, 이젠 늦었다고, 이룰 수 없다고 이내 접어버리지 않길. 다른 이들은 꿀 수 없는, 엄마만의 아름다운 꿈들을 꿀 수 있길. 이뤄갈 수 있길. 나는 그 꿈들을 언제까지나 지지한다. 사랑한다.

나는

     엄마의
     얼굴이 좋다

보고 싶은 사람의 얼굴을 바로바로 꺼내서 확인할 수 있는 요즘은 참 좋다. 언제든지 핸드폰이나 태블릿 PC, 그리고 각종 인터넷 저장 시스템으로 지난날 그리운 이의 얼굴을 마주할 수 있기 때문이다. 실제로 그 사람을 보지 못하더라도 그 순간 애달픈 마음은 조금이나마 위로하고 달랠 수 있다.

지금 내 기억 속에 있는 엄마의 모습은 아주 앳된 새색시 같은 얼굴과 그 뒤 서른 중반의 얼굴부터 지금까지의 모습이다. 갓 서른이 되었을 때부터 서른 중반을 오가는 그 몇 년 사이의 엄마 얼굴을 나는 모른다.

내가 아홉 살이 된 무렵은 1990년대 초반이었다. 부모님의 이혼과 함께 나는 남동생과 경상북도 예천이라는, 시골 깡촌 중에서도 깡촌인 친할아버지, 친할머니의 집으로 가게 되었다. 내 기억 속의 그곳은 황토색 진흙을 바른 벽과 기와를 올린 다 쓰러져가는 한옥집에 화장실은 푸세식이었고, 세면대는 마중물을 퍼서 물을 써야 하는 펌프가 있는 집이었다. 더 기가 막힌 상황은 아궁이에 불을 떼서 가마솥에 밥을 해야 했으며 냉장고도 없었다. 지금 생각하면 꼭 조선 시대에 와 있는 듯한 기분이 드는 집이었다.

나는 이 집에서 매일 밤 울었다. 엄마가 보고 싶어서. 퀴퀴한 이불 냄새도 싫었고, 언제 먹었는지 모를 말라비틀어진 김치에 눅눅한 김, 잡곡이 가득 섞인 밥 등 정갈하지 못한 밥상도 싫었다. 나는 엄마가 그리웠다. 엄마가 빨아준 뽀송한 이불 냄새가 그리웠고 예쁘게 부친 계란말이에 폭신한 쌀밥이 놓인, 깔끔하게 정돈된 밥상이 그리웠다. 무엇보다 이대로 엄마를 영영 만나지 못할 것만 같은 불길한 생각이 들어 밤마다 잠이 오지 않았다. 그때 내 나이 아홉 살이었다. 칠흑 같은 어둠이 몰려오는 시각이면 내게 죽음과도 같은 공포가 달려들어 괴롭히기 시작했다.

그렇게 몇 달의 시간이 흘렀을 무렵이었다. 어느 날인가 저녁을 먹으며 TV를 보는데 가요대전 같은 프로그램이 나오고 있었다. 몇몇 트로트 가수들이 연이어 구성진 목소리를 뽐내고 들어가기를 몇 번인가, 나는 TV 속에 나오는 한 가수를 보고 숨이 턱 멎는 것만 같았다.

엄마였다. 엄마가 나왔다. 분명 엄마였다.

"마주치는 눈빛이~ 무엇을 말하는지, 난 아직 몰라. 난 정말 몰라~ 가슴만 두근두근~~"

가요대전을 진행하는 MC는 그녀가 주현미라고 했다.

주.현.미. 지금 생각해봐도 그때의 엄마는 가수 주현미와 너무나 닮았다. 도플갱어라고 해도 믿을 만큼.

그 이후로 나는 매일 같은 시간에 같은 채널을 틀었다. 이젠 매일 엄마를 볼 수 있을 것만 같단 설렘이 그때의 나에게는 말할 수 없을 만큼 큰 위안과 위로가 되었다. 그러나 주현미 씨의 얼굴을 볼 수 있는 건 사실상 아주 드물었다. 그녀의 얼굴이 내가 원하는 때에 나오는 건 아니기 때문이다.

"텔레비전에 내가 나왔으면 정말 좋겠네~ 정말 좋겠네."

나는 엄마가 보고 싶을 때마다 이 동요를 이렇게 바꿔 불렀다.

"텔레비전에 엄마 나왔으면 정말 좋겠네~ 정말 좋겠네."

내 마음에 안정이 올 때까지, 엄마에 대한 애끓는 마음이 사그라질 때까지 이 노래를 부르고 또 불렀다. 그러다 보면 이상한 믿음 같은 게 생겼다. 정말 엄마가 내게로 올 것만 같은 기분. "해주야" 내 이름을 부르며 저 마당으로 들어설 것만 같은 기분. 달이 네모라고 해도 정말 믿어질 만큼의 어떤 힘이 생겼다. 그렇게 이 동요는 내 애창곡이 되었다. 엄마가 미치도록 보고 싶을 때도 불렀고, 그 시골에서 뛰쳐나가 차라리 고아원에 가고 싶다는 생각이 들 때마다 불렀고, 감기에 걸려 아파 죽을 뻔했을 때도 불렀고, 힘없는 나와 동생을 괴롭히는 동네 오빠가 무서울 때도 불렀다. 부르고, 부르고, 또 부르고. 이 노래를 크게 부르고 있으면 엄마가 가만히 와서 나를 안아주는 것만 같았다.

간혹, 누군가는 자신의 엄마가 나이 들수록 꽃중년이 되는 것 같아서, 또는 황신혜나 김희애처럼 예뻐서 좋다는 친구들도 있다. 그러나 나는 그 흔한 우리 엄마 얼굴이 너무나 좋다. 특별히 화사하지도, 수수하지도 않은 얼굴. 너무나 평범해서 한 번 보면 그저 잊힐 것만 같은 얼굴. 나는 엄마의 그 얼굴이 참 좋다. 그 시절 나에겐 엄마의 얼굴이 세상의 전부였으니까. 아홉 살 작은 아이에게는 누군가의 닮은 얼굴을 통해 엄마의 얼굴을 잊지 않을 수 있었으니까.

특별하지 않은 엄마의 얼굴을 나는 사랑한다.

나는 엄마의 얼굴이 참 좋다.

특별히 화사하지도, 수수하지도 않은 얼굴.

너무나 평범해서 한 번 보면

그저 잊힐 것만 같은 얼굴.

특별하지 않은 엄마의 그 얼굴을

나는 사랑한다.

엄마라는

이름으로

엄마의 절친 중 한 명인 윤자 아줌마는 이런 소리를 곧잘 했다.

"네 엄마가 지금이야 저렇게 억세 터졌지만 니들 어릴 때만 해도 맨날 찔찔 짜고 다녔던 애였어. 내가 뭐라고만 해도 벌써부터 눈에 눈물이 그렁그렁 맺혀서는. 그래서 내가 나쁜 년이 될 때가 한두 번이 아녔어 아주."

윤자 아줌마는 우리 엄마의 젊은 새댁 시절 별명이 울보였다고 했다. 아무것도 아닌데 누가 뭐라고만 해도 벌써 눈망울에 서러움이 한껏 북받쳐 우박만한 눈물을 뚜욱 뚜욱 흘렸다고 한다.

겉보기에 씩씩하고 화통하고 솔직하기 그지없는 우리 엄마의 모습만 보던 이들이 과거의 울보 엄마를 상상할 수나 있을까. 게다가 엄마는 애교도 꽤 있는 편이어서 주변을 웃게 하고 밝게 만드는 사람이니까 말이다. 그래서 엄마와 꽤나 친하다고 말하는 주변 인물들도 엄마가 과거에 울보였다는 걸 들으면,

"에이~ 형수가요?"

"언니 거짓말 하지 마라~"

"자네가 그랬다고?"

그러나 우리 엄마는 사실 하나도 안 세다. 정이 많아 만날 사람앓이를 하고, 눈물이 많아서 툭 하면 눈물 바람을 일으키고, 감성도 풍부해서 드라마 한 편을 볼 때에도 장면 장면마다 폭풍 공감을 하며 눈시울을 적시는 게 바로 우리 엄마다. 엄마는 원래가 모질고 독한 성격이 못 된다. 누군가 아파하면 자신이 더 애달아 하고, 사람과 동물을 바라보는 시각도 참 따뜻해서 엄마는 집에 방문한 사람이나 들어온 동물을 그냥 돌려보내는 법이 없다.

엄마와 아빠가 사는 시골집엔 큰 개가 두 마리 있고 고양이가 무려 열한 마리나 산다. 사실 우리 집이 고양이 부자가 된 데에는 엄마의 말도 못 할 동물 사랑 때문이다. 말 못 하는 짐승을 불쌍히 여겨야 한다나.

어느 여름. 내가 시골집에서 원고 작업을 할 때였다. 한참 원고 작업을 하고 있는데 밖에서 야옹, 야옹 하는 소리가 들려왔다. 거실 창문으로 내다보니 길고양이 한 마리가 우리 집 마당을 배회하며 울고 있었다. 그 울음소리가 어찌나 구슬프던지.

"웬 고양이가 저리 울어? 어머! 쟤 배고픈가 보다."

엄마는 주방으로 가더니 분주하게 무언가 준비하기 시작

했다. 아침에 먹다 남은 찬밥에, 우리 집에 찾아온 고양이에 겐 이게 웬 횡재인지 아침 반찬으로 올라왔던 생선까지. 엄마는 골고루 잘 섞어서 그 밥을 가지고 마당으로 나갔다.

"나비야~ 이리 와. 밥 줄게. 배고파서 우리 집에 왔지?"

엄마는 고양이 곁에 밥그릇을 놔주고 고양이가 경계를 풀 수 있도록 잠시 떨어졌다. 엄마와 고양이 사이에 잠깐의 긴장감이 감돌았다. 그렇게 몇 분 후에 고양이는 뭔가 안심 이 되었는지 경계를 풀고 엄마가 놔준 밥그릇으로 살금살 금 향하더니 찹찹찹, 참 맛있게도 먹어댄다. 엄마는 그런 고 양이의 모습이 몹시 사랑스러운지 곁에서 고양이가 밥 먹 는 모습을 지켜보며 연신,

"오구~ 배가 많이 고팠구나. 많이 먹어라~. 그리고 돌아 다니다 배고프면 또 와."

고양이는 밥을 다 먹은 후 후다닥 사라졌다.

그리고 다음 날. 마당에서 또 야옹, 야옹 소리가 들리기 시작했다. 내다보니 어제 엄마에게 밥을 얻어먹은 그 고양 이였다. "배고프면 또 와"라는 엄마의 말을 알아듣기라도 한 걸까. 이번에는 친구 고양이까지 같이 데리고 왔다.

엄마는 그 고양이를 기다리기라도 한 것처럼 서둘러 밥

을 준비해서 마당으로 가지고 나갔다. 그렇게 하루, 이틀, 사흘, 나흘……. 엄마의 밥을 먹기 위해 날마다 고양이들이 우리 집을 찾아들었다. 그러더니 아빠는 마당에 고양이들이 살 집까지 짓는 것이었다. 부부의 모습에 나는 뒤에서 그저 웃고 있을 수밖에 없었다. 하지 말란다고 말을 들을 엄마가 아니기에(덕분에 우리 집엔 지금 고양이가 열한 마리나 거주한다. 남은 밥으로 해결이 안 되어 지금은 고양이 사료까지 사다 나르는 아주 이상한 상황이 됐다. 더불어 밥 때만 되면 열한 마리의 고양이가 울어대는 진풍경을 볼 수 있다).

이렇게 동물마저 감동시키는 엄마의 성격이 변하기 시작한 건 이혼을 한 후부터였다. 눈물 많은 이혼녀는 사람들에게 이용 당하기 딱 좋은 먹잇감이었기에.

철석같이 믿고 동업을 시작한 친구는 엄마를 배신했다. 엄마는 그 빚을 고스란히 떠안아야 했다. 세상 가운데 철저히 홀로 서야 했던 엄마는 스스로 강해질 수밖에 없었다. 매일 밤 눈물짓는 대신 악착같이 맥주 한 잔이라도 더 팔았다. 주인장이 여자라 만만히 보고 술값을 떼먹고 도망가는 덩치 좋은 남자를 뒤쫓아 술값을 내놓으라며 몸싸움을 벌이기도 했다. 몸싸움 끝에도 술값을 안 내놓는 남자의 허리춤을 잡고 안 놔주다 그 남자가 엄마의 손가락을 꺾는 바람에 손가락뼈가 으스러지기도 했다. 엄마는 그런 날엔 더 마음을 다잡으며 이를 악 물었다. 키워야 할 남매가 있었고, 그 남매를 돌보는 노모가 떠올랐기에.

그러다 보니 어느새 여자보단 내 가족을 지켜야 할 가장으로, 내 새끼들을 책임져야 할 엄마로 점점 모습이 바뀌어 갔다. 한창 예쁠 그 나이, 그 시절, 그때. 일생 단 한 번 허락된 '여자'로서 살 수 있는 시간을 엄마는 철저히 버렸다. 그리고 오로지 앞만 보고 달렸다. 엄마가 버텨야 모든 것이 지켜지기 때문에. 여린 속을 감춰야만 했던 그 세월들을 엄마는 묵묵히 감당해내며 스스로를 단련시키고 훈련했다. 무너지고 주저앉고 싶은 날엔 소주 한 잔으로 그 속을 달래며 또 살아내보자고 다짐을 했을 터였다. 그렇게 엄마는 여자에서 강한 엄마로 일어섰다.

이따금씩 새로 인연을 맺게 된 사람들은 엄마의 시원시원한 성격을 보며 '쿨내 작렬'이라 말하기도 하지만 그건 엄마가 가지고 있는 내면의 모습과는 좀 다르다.

집에 찾아온 고양이를 보는 따뜻한 시선에서, 누군가 엄말 찾았을 때 얼른 내놓는 뜨끈한 밥상에서, 자신이 손해 보고 조금 더 힘들더라도 남 힘든 꼴은 절대로 못 보는 그 이상한 오지랖에서. 우리 엄마만의 아주 지극한 마음을 느낄 수 있다.

우리 엄마는 하나도 안 세다. 가끔씩은 남편의 어깨에 기대어 쉼을 누리고 싶어 하고 예쁜 구두나 원피스를 보면 설레기도 하고 남편에게 "예쁘다"는 소릴 들으면 절로 입가에 웃음이 번지는. 사실은 세상 가장 보편적이고 평범한 여자다.

우리 엄마는 하나도 안 세다.

가끔씩은 남편의 어깨에 기대어

쉼을 누리고 싶어 하고

예쁜 구두나 원피스를 보면 설레기도 하고

남편에게 "예쁘다"는 소릴 들으면

절로 입가에 웃음이 번지는.

사실은 세상 가장 보편적이고 평범한 여자다.

거친 손이

주는
의미

출판사와 커피숍을 겸해서 운영하는 나의 선생님은 요즘 커피숍 일로 특히 바쁘다. 전날 마트에서 장을 봐다가 이른 새벽부터 커피숍으로 출근해 샌드위치를 손수 만들고 손님을 맞고 주문을 받고 음료를 만들고. 그러다 보면 정말이지 손에 물 마를 날이 없다. 핸드크림이 있어도 바를 수가 없다. 내내 샌드위치며 음료를 만드는 손에 미끄덩대는 핸드크림을 바를 수는 없는 노릇이기에. 게다가 온종일 설거지와 씨름을 하다 보면 핸드크림은 언감생심이다. 이렇게 하루의 일과가 끝나고 나면 그녀는 그제야 손이 너무 거칠어졌다며 핸드크림을 바른다. 그녀의 그 모습에서 나는 문득 엄마의 손을 떠올렸다.

우리 엄마의 손은 참 못생겼다. 온통 여기저기 굳은살이 배겨 있고, 손바닥과 손등은 거칠거칠, 꼭 사포 같기도 하고. 나는 엄마가 핸드크림을 바르는 걸 한 번도 보지 못했다. 사실 엄마도 나의 선생님과 별반 다르지 않다. 핸드크림을 바를 시간이 없다. 내내 밭일에 집안일에 잠시도 손을 안 쓰고는 살 수 없는 사람이다.

엄마는 서울에 올라올 때면 단골 미용실에 들러 헤어스타일을 바꾸며 기분 전환을 하는데 그날도 그랬다. 엄마와

한참 수다를 늘어놓으며 깔깔대던 미용실 원장님이 엄마의 손을 보더니,

"어머 자기 손이 너무 망가졌다. (자기 손을 보이며) 어떻게 미용하는 내 손보다 더하냐~."

이 말을 들은 엄마가 당황한 듯 얼버무리며,

"(자기 손을 얼른 확인한다) 시골에 살면…… 다 그렇지 뭐……."

멋쩍은 듯 웃으며 자신의 손을 가만가만 쓸어대는 엄마. 엄마가 그토록 당황한 모습을 보인 건 처음이었다. 언제나 당당하고 씩씩하던 엄마였다. 그런 엄마를 단숨에 제압한 건 자신의 손이었다. 그 손의 모습이 꼭 지금 자신의 삶처럼 느껴졌을지도 모를 일이었고, 그걸 타인에게 들킨 것 같아서였을지도 모를 일이었다. 미용실 원장님이 무심결에 지나듯 던진 그 한마디에 엄마의 당당함과 자신감이 바닥에 툭, 하고 떨어진 것 같았다.

집으로 돌아가는 길. 나는 가만히 엄마의 손을 잡았다. 따뜻하고 포근하고 정겨운 엄마의 손. 엄마는 자신의 손을 잡아주는 딸의 얼굴을 보며 활짝 웃어보였다. 나는 그날 엄마의 손을 잡고 자랑스럽게 흔들며 시내 한 바퀴를 돌아 집

으로 돌아왔다.

　엄마는 그 거친 손으로 자식들을 키워냈다. 그 사포 같은 손을 쉬지 않고 놀려 매해 과실들을 만들어낸다. 엄마는 그 작은 손으로 매 끼니 따뜻한 밥상을 꾸리고 집안을 청결하게 한다. 그리고 그 손으로 가끔 자식들이 힘들 땐 안아주기도 하고 등을 토닥여주기도 한다.

　엄마의 그 손은, 엄마의 그 험한 손은, 내게 세상에서 가장 귀하고 귀한 손이다.

엄마도

가끔
엄마가 버겁다

엄마: 딸, 엄마 지금 가는데 너 얼굴 볼 수 있어?

나: 볼 수 있지.

엄마: 웬일이래? 그럼 엄마 맛있는 것 좀 사주라.

맛있는 것 좀 사달라는 엄마의 문자메시지에 순간 가슴이 턱, 하고 막혔다. 엄마가 먼저 무언가를 사달라고 한 적은 처음이었다. 혹시 무슨 일이 있는 건지 덜커덕 겁이 나서 엄마에게 전화를 걸었다.

"딸 왜~"

엄마의 목소리는 평소와 다르게 좀 가라앉은 것처럼 들렸다.

"무슨 일 있어?"

잠깐의 침묵이 이어졌다. 엄마에게 무슨 일이 일어났다는 걸 나는 침묵을 통해 알 수 있었다.

"무슨 일인데~, 뭐 속상한 거 있어?"

엄마는 애써 덤덤한 척 말을 이었다.

"아니~. 그냥 만사가 다 귀찮고 싫어서. 네 아빠도 싫고, 할머니도 싫고, 자식새끼도 다 소용없고. 그냥 나 혼자 어디 멀리 떠나고 싶다. 근데 갈 데가 없네? 일단은 어디든 가 싶어서 올라가는 거야. 할머니한테는 말하지 말고. 할머니한테 안 들릴 거니까."

남편도, 외할머니도, 자식새끼도 다 소용이 없던 그 순간에 엄마가 찾은 건 결국 딸이었다. 두어 시간 후, 나는 엄마와 어느 호프집에 미주 앉았다. 엄마는 무언가 잔뜩 화가 난 사람처럼 보였다. 미간에 주름을 잡고 있던 엄마는 말릴 새도 없이 소주 몇 잔을 입으로 털어 넣더니,

"느네 아빠는 도대체 내가 아니면 뭘 하나 할 줄도 모르고. 할머니는 또 어떻고? 당신 속상한 일 있을 때 그 화풀이를 나한테 다 해대고. 니들도 그래. 아무리 먹고사는 게 바빠도 그렇지. (다섯 손가락을 쫘악 펴 보이며) 손꾸락이 부러졌냐? 엄마가 어떻게 사는 건지 마는 건지, 전화 한 통을 안해?"

엄마는 무언가 서러운 듯, 분한 듯, 체념한 듯, 이 모든 감정들을 폭포수처럼 쏟아내기 시작했다. 도대체 그동안 이 감정을 어떻게 켜켜이 쌓아두고 있었던 걸까. 가만히 엄마의 이야기를 듣던 나는,

"도대체 어느 포인트야, 이 여사? 왜 그리 화가 나셨냐고."

엄마는 무언가 말을 하려다 이내 입을 다물었다. 그런 엄마를 보며 나는,

"아빠가 엄마 없이 아무것도 못하게 된 거는 엄마가 그렇게 만든 거고, 할머니는 뭐……. 사실 엄마도 나한테 그럴 때 있잖아? 자식들 먹고살기 바쁜 건…… 엄마 생각을 안 해서가 아니라 진짜 화장실 갈 시간도 없을 만큼 바쁜 게 사실이야."

내 말을 듣고 있던 엄마가 잔뜩 격앙된 목소리로,

"야! 내가 그걸 몰라서 이러냐? 다 알아서 이렇게 열이 뻗치는 거야~. 내가 지금 바른말 듣자고 너랑 이렇게 맞대고 앉았는 줄 알아? 네가 말 안 해도 내가 너무나 잘 알아서 더 열이 뻗치는 거라고. 에휴, 이거나 저거나 정말 다 똑같아!"

아차! "바른말을 듣자고 너랑 맞대고 있는 게 아니"라는 엄마의 말에 그제야 알았다. 엄마는 단지 상황 때문에 화가 난 게 아니란 걸. 지금 주체할 수 없을 정도로 자신의 삶에 분이 난 그 마음을 그저 공감해주고 읽어주길 바란다는 걸. 엄마는 자신이 서 있는 그 위치가 한순간 지긋지긋하고 싫어진 것이었다.

엊그제 밭일을 하다 잠시 쉬기 위해 앉아 있는데 새삼 자

신의 모습이 적나라하게 보이더란다. 군은살 투성이의 자신의 손이, 퉁퉁 부은 종아리가, 햇볕에 그을려 퍼석해진 피부와 머리카락이……. 죽자고 이 농사란 걸 하고는 있는데 왜 하는지도 모르겠고, 이걸 언제까지 해야 하는 건지도 모르겠고, 그래서 이 끝에 내게 지금 남겨진 게 무언지, 여기에서 나의 존재는 무언지. 아주 뜬금없게도 이런 감정들이 훅- 하고 가슴 한가운데로 파고들었다고 했다.

어떤 대단한 이유가 있어서도 아니었고, 대단히 무언가가 서럽거나 속상한 것도 아니었다고 했다. 그냥 그런 엄마 자신에게 화가 났다고 했다. 왜 갑자기 그런 건지 모르겠다고도 했다. 엄마에게 있어 그날은 '그냥 만사가 뒤틀리는' 날이었다. 엄마도 엄마 자신이 버거운 그런 날. 그래서 누구에게라도 이 감정을 쏟아내지 않고는 해갈이 안 될 것 같은. 꾹꾹 눌러도 참아지지 않는 날. 그냥 여기저기 다 토해내고 싶은 그런 날.

이날 나는 엄마도 가끔 다 내려놓고 기대고 싶은 날이 있다는 걸, 늘 내 옆에서 그냥 있는 존재가 아니란 걸 알게 됐다. 이런 날 엄마는 누군가의 엄마도, 아내도, 딸도 아닌 온전히 나 자신이고 싶은 건 아닐까. 그저 하루만큼은 아내의

허울도 벗어버리고, 엄마보다 1순위인 게 더 많고 사랑할
것도 더 많아 엄마를 매일 짝사랑하게만 하는 미운 자식들
도 좀 내팽개쳐 두고, 늘 걱정 근심 많은 노모의 그늘 아래
서도 잠시 나와 쉬고 싶은.

아무에게도 방해받지 않고 누구의 간섭도 없는, 오직 엄
마만의 시간이 필요한 걸지도 모르겠다.

엄마도 엄마를
사랑했으면 좋겠어

2부
———

살다 보니 사랑하게 됐어

따뜻한

그 여자의 이름,
이희정

세상에 손해 보는 걸 좋아하는 사람이 어디 있겠냐고들 하겠지만 가끔 보면 우리 엄마가 그렇다. 늘 손해 보고 사람한테 속고, 뒤통수 맞고. 그렇게 온갖 배신을 다 당한 엄마는 당시엔 힘들고 아파도 며칠이 지나면 다시금 쌩쌩해진다. 진짜 괜찮아서 괜찮은 건지 안 그런 척하는 건지 내가 헷갈려 할 때,

"미운 놈 떡 하나 더 주랬어~."

아닌 게 아니라 내가 누군가와의 지극한 트러블로 치열할 때도, 그래서 엄마에게 투정 아닌 투정을 부릴 때도.

"미운 놈 떡 하나 더 주랬어~."

그걸 누가 모르나. 지식적인 것보다 이 한 치도 안 되는 가슴에서 받아들여지지 않는 노릇인 걸.

엄마는 주변에 인심이 참 좋다. 좋은 거, 먹을 거 등 뭔가 나눌 만한 게 있으면 죄다 퍼주기 바쁘다. 꼭 나눠주지 못해 안달이 난 사람처럼. 퍼주고 나눠주지 않으면 입안에 가시가 돋는 사람처럼. 엄마랑 아빠만 쓰라며 내가 보내준 좋은 크림도 전부 주변에 돌려서 나눠 쓰고. 허리가 휘어질 정도로 담근 김치도 온 동네방네 다 퍼다 나르고. 옆집 아줌마가 엄마의 열무김치가 먹고 싶다고 하면 기꺼이 담가주기도

하면서. 남의 거 해주면서도 엄마는 뭐가 그리도 좋은지 연신 싱글벙글이다. 그 모습을 보고 있자면 정말 엄마는 이게 천성인 듯 싶다. 오히려 이걸 못하게 하면 병이 날 것만 같을 정도니까.

언젠가 외할머니와 엄마, 모녀에 관한 이야기를 가만 되짚어보니 엄마의 이런 성정은 외할머니로부터 물려받은 것이란 생각이 들었다. 엄마는 어릴 때부터 외할머니가 베푸는 것을 보고 자랐으니까.

외할머니는 홀로 엄마를 키우며 넉넉하지 않은 형편임에도 힘들고 어려운 사람들을 그냥 지나치지 못했다고 한다. 지나는 길에 나앉아 있는 거지들을 보면 집으로 데리고 와서 씻기고 새 옷을 입히고 손수 따뜻한 밥을 지어 한 끼 두둑하게 배를 불려 보냈다고 했다. 엄마는 할머니의 그 모습이 지독히도 싫었다고 했다. 딸과 살고 있는 단칸방에 냄새나는 거지를 데리고 와 씻기고 입히는 것도 모자라 직접 차린 밥상까지. 그땐 그게 그렇게도 이해가 안 갔다고 했다. 뿐만 아니라 구내식당을 하면서 가끔씩 돈이 없어 굶는 직원들이 있으면 공짜로 밥을 주기도 했고 은행 청소부 일을 할 땐 은행에서 일하는 아가씨나 총각 등 형편이 어려워 도시락을 싸오지 못한 이들에게 자신의 도시락을 내주기도 했다. 또 어느 한겨울엔 빚쟁이들에게 쫓겨 돈 한 푼 없이 자신을 찾아온 막냇동생이 딱해 엊그제 산, 자신도 하나밖에 없는 겨울 파카를 벗어 입혀 보내기도 했다. 이런 할머니를 보며 주변 사람들이 붙여준 별명은 '비단결 마음씨를 가진 유 씨 아줌마'였다.

비단결 마음씨를 가진 유 씨 아줌마가 입에 달고 산 말이 하나 있는데 그건 바로 "미운 놈 떡 하나 더 줘라"였다. 중학생 시절의 엄마가 어느 날, 반 친구 때문에 잔뜩 속이 상해 집으로 돌아와 할머니에게 이야기를 했더니 글쎄 딸내미의 속상한 마음을 달래주긴커녕 미운 놈 떡 하나 더 주란 말을 하더란다. 엄마는 그 말에 설움이 더 북받쳐 미운 놈인데 그놈한테 떡을 왜 하나 더 주냐고, 그놈 입에 들어가는 떡마저 뺏고 싶다며 엉엉 울었다고 했다. 할머니는 그런 어린 딸을 끌어안고 달래며 이렇게 말했다.

"희정아, 너 미운 놈한테 왜 떡을 하나 더 줘야 하는지 모르지? 엄마 얘기 들어볼래?"

할머니는 은행 청소부 시절 자신을 지독히도 괴롭히던 상사 이야기를 했다. 어찌나 할머니를 못살게 굴었던지 과

부인 게 꼭 할머니 잘못이라는 것처럼 말했고 할머니가 하는 모든 일에 사사건건 시비를 걸었다고 했다. 하지만 할머니는 그 상사에게 얼굴 한 번 찌푸리지 않았다. 오히려 그 상사를 더 극진히 대접했는데 맛있는 음식이 있으면 챙겨 주기도 하고 오다가다 볼 땐 믹스커피를 타서 내밀기도 하면서.

그러던 어느 날. 그 상사가 은행에서 잘리게 됐다. 모든 직원과 인사를 하던 그 상사가 할머니를 보더니 손을 꼬옥 맞잡고 눈물을 글썽이며,

"아줌마. 내가 그동안 참 못되게 굴었지요? 미안합니다. 그리고 나 같은 사람을 그렇게 잘 대해줘서 정말 고맙습니다."

상사는 할머니 앞에 연신 허리를 굽히며 인사를 했다고 한다. 할머니의 이 일화를 들은 어린 엄마는 눈물을 슥슥 닦고 그 뒤로 누가 와서 엄마를 괴롭혀도 오래지 않아 툭툭 털어낼 수 있는 힘을 얻었다고 했다. 엄마는 사람을 사람 자체로 사랑할 수 있는 법을 알았다고 했다. 더 불쌍히 보고 안타깝게 보는 법을 알았다고 했다.

엄마는 여전히 사람들에게 잘 이용당하고 정이 많아 잘

베풀고 또 여전히 그런 인물들에게 여지없이 배신도 잘 당한다. 배신의 당시에는 속앓이로 밤잠을 설칠 때도 있다. 그러나 엄마는 또, "그래~, 사람이 그럴 수도 있지. 그럴 때도 있어. 미운 놈! 그래, 까짓 거 내가 너 떡 하나 더 준다!" 하며 툭툭 털고 잘도 일어선다. 이렇게 엄마에게 떡을 얻어먹은 인물은 대체 몇이나 될까. 엄마는 자신이 가진 것을 다 내어주고 또 활짝 웃어 보인다. 엄마의 그 얼굴을 보며 우리 엄마 떡을 먹은 그 사람들도 언젠가 이런 마음을 조금은 알아주지 않을까, 잠깐 생각도 하지만 알아주지 않는 데도 괜찮다.

세상이 다 기억 못해도, 그럴지라도 나는 기억할게.
따뜻한 그 이름 세 글자 이.희.정.

살다 보니

사랑하게 됐어,
저 사람을

나는 이별을 할 때마다 거한 '이별식'을 치른다. 혼자서 상실감과 우울감에 시달리며 밤마다 맥주 캔을 부여잡고 울고불고 짜고……. 이런 나날을 보내길 며칠. 온갖 청승에 넌덜머리가 난 나는 늘 그렇듯, 도망치듯 상주 집으로 내려가버린다. 나는 내려가면서 상상한다. 이별을 하고 마음이 넝마가 된 딸을 따뜻하게 맞아줄 엄마를.

그러나 이건 어디까지나 나의 상상에서 그칠 때가 더 많다. 엄마는 내 이별에 별 관심이 없다. 관심이 없는 것에서 그치면 좋으련만. 내가 이별할 때마다 꼭 덧붙이는 이야기가 있다.

"너는 어째 남자 만나는 복이 그렇게도 없냐. 아닌 게 아니라, 네가 남자 보는 눈이 없는 거지. (한숨)"

역시 괜히 내려왔다. 저런 이야기를 '굳이' 들으려고 여길 온 게 아니다. 나도 안다. 내가 남자 보는 눈이 없다는 걸. 그래서 만날 이렇게 청승이나 떨어야 하는 상황이 올 때면 차라리 접시 물에 코를 박아버리거나 쥐구멍에 꽁꽁 숨어서 이 감정이 다 해갈될 때까지 나오고 싶지 않다는 걸.

당장 짐을 싸서 도로 서울로 올라가버릴까, 생각도 하지만 마음을 누르고 내 방으로 들어가버린다. 그리고 이불을 뒤집어쓰고 혼자서 *끄윽끄윽* 소리를 삼키며 울어댄다. 그러기를 얼마쯤 지나면 엄마는 내 방문을 열고 아무 일도 없었다는 듯 말한다.

"일어나, 밥 먹어."

밥. 이 상황에 밥이라니. 나는 문득 생각한다.

'엄마는 사랑을 해본 적이 있기는 한 걸까?'

퉁퉁 부은 눈을 훤하게 다 드러내고 식탁에 앉아 밥을 깨작대는 나를 보며 엄마는,

"밥 먹어, 깨작대지 말고. 남자놈이랑 헤어진 게 뭐 그리 대수라고 눈이 아래위로 붙을 때까지 우냐?"

엄마의 말이 날카로운 칼침이 되는 순간, 나는 냉장고 문을 열고 맥주 캔을 까서 꿀꺽꿀꺽 마셔버린다. 올라오는 분노를 잠시 잠재우고 엄마에게 묻는다.

"엄마, 엄마는 사랑을…… 해봤어?"

엄마가 잠시, 밥을 먹던 손이 움찔하다 다시 덤덤하게 숟가락질을 하며 말을 잇는다.

"아니. 그런 거 안 해봤는데. 나는 사랑을 받아본 적도 없

고, 해본 적도 없고."

"그럼, 지금 아빠랑은 왜 같이 살아?"

"글쎄."

엄마는 잠시 과수원에서 일하고 있는 아빠 쪽으로 시선을 돌리더니 이렇게 말했다.

"살다 보니 사랑하게 됐어. 저 사람을."

내 기억 속 엄마의 하루는 늘 바빴다. 새벽부터 신문을 돌리고, 우유를 돌리고. 돌리고 남은 우유는 어린 남매를 위해 챙겨두었다가 주곤 했다. 그 일과가 끝나면 집에서는 손이 부르트도록 인형 눈깔을 붙이거나 종이꽃을 접는 부업을 하기도 했다. 내 기억 속 엄마의 하루하루는 늘 그랬다.

우리 엄마의 전남편은 무능력했다. 엄마와 10년 동안 결혼 생활을 하며 일을 해본 적이 거의 없었다고 한다. 6개월 회사 생활을 하면 1년은 놀고, 이런 식이었다고 했다. 그러다 보니 자연스레 식구들을 먹여 살리는 노동의 몫은 엄마의 몫이 되었다. 그런 생활에 지쳐갈 무렵, 엄마는 이혼을 했다. 그리고 지금의 남편을 만났다.

엄마의 지금 남편은 말수도 적고 일밖에 모르는 사람이

었다. 술 한 잔을 할 줄도 몰랐고 농담도 할 줄 모르는 그런 남자였다. 엄마는 이 남자가 함께 살자고 고백했던 날, 남자의 손을 잡았다. 이 남자라면 적어도 식구들을 굶기지는 않겠구나, 하는 생각에. 엄마에겐 무능력의 끝을 보여준 전남편에 대한 살 떨림이 있었다. 그래서 이혼을 한 날부터 엄마는 결심했다고 했다. 만약 내가 이다음에 남자를 만나게 된다면 생활력이 강한 남자를 만나리라.

나를 여자로서 조금 더 사랑해주는 사람이 아닌, 엄마는 생활력이 강한 남자를 선택했다. 그리고 그 남자와 함께 삶을 꾸린 게 어느덧 20년이 되었다.

중매로 만난 전남편과 사랑 같은 게 싹틀 시간도 없이 바쁘게 결혼을 했고 이혼을 했고 또 언젠가는 만날 새끼들에게 부족한 엄마가 되지 않기 위해 죽도록 일만 했고 그러다 한 남자를 만났다. 그 한 남자도 사랑 같은 건 사치이니 되었고 내 식구를 굶기지 않을 가장이면 족했다는 게 엄마의 지금까지 결혼 스토리였다.

엄마는 지금의 남편을 살다 보니 사랑하게 되었다고 했다. 살다 보니 이 사람의 이런 점이 참 좋구나, 저런 면이 참 좋구나, 이럴 땐 감동을 주기도 할 줄 아는 남자구나. 좋구나, 좋구나, 이 사람이 참 좋구나, 좋은 사람이구나, 하다 보니 '어느새 사랑'이라고 했다.

뜨겁게 타오르는 연애의 감정만이 사랑이 아니라는 걸. 엄마는 여태껏 몰랐던 사랑의 길을 지금의 아빠와 함께 천천히 걷고 있다는 걸. 나의 엄마는 그렇게 사랑받는 여인이 되었다는 걸.

엄마와 마주 앉아 맥주를 까 마시며 도란도란 엄마의 이야기를 듣고 있다 보니 어느새 나의 이별후유증 같은 건 날아가버렸다. 그리고 그날 엄마의 모습은 내 눈에 세상에서 가장 귀하고 어여쁜 여인으로 비춰졌다. 나는 그런 엄마를 보며 속으로 외쳤다.

엄마의 남은 사랑을 위해 치얼스!

상처가

꽃이 되는
시간

세상엔 수많은 상처가 존재한다.

누군가가 스치듯 하는 말 한마디에서, 사랑하는 대상이 나를 좀 더 생각해주지 않을 때, 원수 같은 돈에 시달릴 때, 관계의 지침에서, 세상으로부터 자꾸 소외되고 작아짐을 느낄 때…….

우리 엄마 역시 다르지 않다. 특히 엄마의 상처는 딸인 나에게서 받는 게 가장 크다. 이상하게 자꾸 바라게 되는 마음이랄까. 엄마의 크고 작은 가슴속 상처에는 언제나 내가 있다.

엄마는 상처에 참 약한 사람이다. 바로 티가 나니까 말이다. 자신에게 상처가 될 만한 일이면 일단 눈물부터 터진다. 무슨 눈물이 그리도 많은지. 어쩔 땐 우는 엄마의 모습이 너무나도 싫어서 나는 눈물 콧물 짤 일이 있어도 꾹꾹 눌러 참는 연습을 했다. 우는 게 너무나 진저리가 나서. 우는 엄마에게 정말이지 화가 나서. 내가 울어야 할 일에도 울지 않고 버티게 된 건 이런 이유에서였다.

나는 엄마의 눈물이 정말 싫었다. 툭 하면 우는 엄마가, 무슨 소리만 하면 벌써부터 눈물이 한가득 고이는 엄마의 눈이, 나는 싫었다.

엄마의 상처에는 몇 가지 레퍼토리가 있다. 특히 그중에서도 과거 우리 남매를 떼어놓았을 때 일이 그랬다. 이따금 가족들이 다 모였을 때 저녁 겸 술을 한잔하게 되는 날이 있는데 그날도 그랬다. 식구들끼리 오랜만에 모여 밥 한 끼를 먹는데 소주 몇 잔을 입으로 털어 넣던 엄마가 별안간 과거 이야기를 시작했다.

"엄마가 니들한테 해준 게 없어서…… 엄마라고 있는 게 이렇게 생겨 먹어서……."

그러더니 결국 눈물바람으로 이어졌다. 정말 이해할 수 없는 노릇이었다. 왜 우는지 도통 이해가 안 갔으니 말이다.

이미 다 지나가버린 그놈의 과거. 어쩌면, 지워버릴 수만 있다면 평생 기억에서 지워버리고 없애버리고픈 그 시절의 아픔을 왜 저렇게 스스로 끄집어내지 못해서 안달인지. 돌아보면 뭐가 달라지길 하나, 돌아보면 그 시절로 거슬러 가서 잘못된 걸 바로 고칠 수가 있나, 돌아보면 과거가 닳아 없어지기라도 하나.

듣다 못한 나는 결국 정색을 하고 말한다.

"엄마, 제발 그만 좀 해. 그 얘기. 왜 또 꺼내는데? 자꾸 얘기하면 뭐가 달라져?"

엄마는 눈물이 가득한 얼굴로 나를 보며,

"너도 나중에 엄마 돼봐. 얼음장 같이 차가운 년. 저 살 떨리게 냉정한 년."

이쯤 되면 엄마의 상처 레퍼토리도 끝이 난다. 그러고는 2차전, 딸 험담으로 엄마의 레퍼토리가 시작된다. 엄마는 지난 과거의 상처를 그대로 안고 사는 듯 보였다.

사실 엄마가 내게 "얼음장 같이 차갑고 살 떨리게 냉정한 년"이라고 한 말은 엄마가 내게 전하는 마음의 메시지이기도 하다. 언젠가부터 엄마는 옆집 딸내미 이야기를 즐겨 하기 시작했다.

"옆집 딸내미는 주말마다 남자친구랑 내려와서 엄마 일도 거들고 말벗도 돼주고 그러는데⋯⋯."

이런 말을 들은 날이면 나는 으레 또 바락바락 엄마에게 신경질을 낸다.

"내가 옆집 딸내미랑 같아? 엄마는 만날 엄마 힘든 것만 얘기하지. 내가 어떻게 사는지, 뭘 해 먹고나 사는지 그딴 건 하나도 안 궁금하지?"

"됐다 됐어. 무서워서 무슨 말을 못해요 내가. 앓느니 죽지."

엄마가 갱년기란 걸 알았어도, 이따금씩 우울하고 위로가 필요할 때 딸이 있었으면, 하는 걸 알았어도 마음으로 진심으로 위로한 적은 사실 몇 번 없다. 다른 사람들의 마음은 그리도 잘 위로하고 알아주고 읽어주면서. 정작 내 엄마에겐 그렇게 하지 않은 못된 딸이다 나는.

그리고 그런 엄마를 보고 있자니 왠지 모를 어떤 미안함과 안쓰러움, 안타까움 같은 감정들이 밀려들었다.

그 후 얼마나 지났는지는 모르겠지만 언젠가 나는 생각지도 못한 상처에 몸살을 앓게 된 일이 있었다. 그날은 받은 충격이 너무 커서 무엇을 어찌해야 할지도 모른 채 멍하니 앉았다가 울었다가만 반복하고 있었다. 그러다 속이 답답해서, 이러다 곧 죽을 것만 같아서 야심한 새벽에 엄마에게 전화를 걸었다.

"여보세요?"

자다 깨서 전화를 받은 엄마의 허스키한 목소리에 나는 울음부터 터져 나왔다.

"엄마……."

"너…… 왜 그래? 딸? 무슨 일이야?"

나는 그날, 엄마에게 내가 무슨 일이 있었는지 말하지 못했다. 그저 한두 시간가량 전화를 붙들고 울기만 했을 뿐이었다.

엄마는 내가 울며 전화한 그날, 밤새 한숨도 잠을 못 잤다고 했다. 힘들다, 아프다 말할 줄 모르는 딸이 오죽하면 그 야밤에 엄마에게 전화를 다 걸었을까 싶어서. 누구한테라도 전화해서 마음 한 톨 털어놓을 데가 없었으면 그 새벽에 엄마한테 전화를 다 했을까 싶어서. 그런 딸이 안쓰러워서. 곁에서 눈물 닦아주고 편들어주지 못해서. 무슨 일인지 속속들이 다 알아주지 못해서.

어쩌면 엄마의 상처는 나로 물들여졌는지도 모른다. 어릴 때 보듬어주지 못한 엄마로서의 상처, 딸에게 사랑 받고 싶은 상처, 소통하고 싶은 상처, 딸이 조금만 더 가까이 있었으면, 하는 상처. 그래서 온갖 이유와 눈물 바람을 불어서라도 마주하고 싶은 상처.

우리 엄마의 마음 밭은 이런저런 위로도 받지 못하고 갖은 상처로 얼룩진 꽃들이 만개해서 피어 있을지도 모른다. 그래서 때론 너무나 아름답다. 자신에게 그늘이 있기에 다른 사람의 그늘까지도 볼 수 있는 사람, 그게 우리 엄마니까.

우리 엄마는 상처가 많은 사람이다.

엄마의 상처들은 땅에 심겨져 낮이면 햇볕도 쬐고 살랑살랑 바람에 기대어 쉬기도 하고. 밤에는 별빛 달빛 중에서도 제일 좋고 예쁜 빛들만 받아서 가장 아름답게 피어나길. 그렇게 피워낸 엄마라는 꽃이 세상 모든 시름과 상처에 엄마가 품어낸 빛들을 하나하나 나눠주고 안아주고 보듬어주는 가장 따뜻한 온기로 퍼져가길.

상처가 꽃이 되는 그 시간, 그 과정이 엄마에게 가장 행복한 나날이 되길. 그렇게 피워낸 상처라는 아픔이 가장 아름답게 피어나 세상 가장 빛나는 꽃이 되길.

어쩌면 엄마의 상처는

나로 물들여졌는지도 모른다.

어릴 때 보듬어주지 못한 엄마로서의 상처,

딸에게 사랑 받고 싶은 상처,

소통하고 싶은 상처,

딸이 조금만 더 가까이 있었으면, 하는 상처.

그래서 온갖 이유와 눈물 바람을 불어서라도

마주하고 싶은 상처.

아빠가

긴 머리를
좋아해

엄마가 서울에 와서 꼭 하는 일 중에 하나는 미용실에 가는 일이다. 가서 부쩍 자란 머리카락을 다듬고, 염색도 하고, 파마도 하고. 그런데 머리카락 길이는 꼭 그대로 둔다. 엄마 나이 대 사람들 대부분은 긴 머리가 치렁치렁하고 관리도 불편하고 영 귀찮아 한다는 소리를 들었던 참이라 엄마는 긴 머리가 괜찮은 건지 궁금해서 물어보았다.

"엄마, 머리 관리하기 안 불편해?"

"아휴 왜 안 귀찮아. 귀찮아 죽겠지. 근데도 어쩌냐. 아빠가 긴 머리를 좋아하는데. 절대 못 자르게 해."

아빠가 좋아한다고 했다. 귀찮아 죽겠고, 관리하기도 죽겠고 더운 여름철엔 정말 여간 성가신 게 아니었지만 그 모든 걸 감수하게 한 힘이 바로 거기에 있었다. 아빠가 긴 머리를 좋아해. 이 한마디는 엄마를 한순간에 여자로 만들었다.

엄마의 말은 참 별것이 아닌 것 같아도 내 마음에 엄청난 파장을 일으켰다. 엄마도 여자였구나. 아빠에겐 엄마가 여자가 되는 거구나. 또 그보단 끝까지 남편에게 사랑받는 여자로 남길 원하는구나, 싶은 생각에.

생각해보면 엄마가 헤어스타일을 바꾸고 제일 처음 "나

어때?"라고 묻는 상대는 아빠다. 그리곤 아빠가 웃으며 "오늘 이쁘네. 당신"이라고 말을 해주면 수줍은 듯 멋쩍은 듯 자신의 머리 매무새를 슬쩍 만지며 "그래? 오늘 머리가 잘됐나봐~" 하며 기분 좋은 듯 코웃음 소리를 내는 것이었다. 아빠가 예쁘다고 말해주는 게 그리도 좋은지 엄마는 하루 종일 연신 콧노래를 흥얼거리기도 한다. 그 모습이 꼭 갓 연애를 시작한 풋풋한 20대 시절의 모습처럼 참 행복해 보인다. 그런데 언젠가 한 번은 엄마가 머리를 했을 때 아빠가 안 예쁘다고 해서 몹시 속상해한 적이 있었다.

때는 4년 전 초여름. 이번엔 머리를 어찌 바꿔볼까, 어떤 머리를 해볼까, 고민하는 엄마를 슬쩍 꼬셔보았다. 머리카락을 아예 싹둑 잘라 커트 머리를 해보면 어떻겠느냐고. 그런데 엄마는 단박에 곧 큰일이라도 날 것처럼,

"야아~ 안 돼. 아빠가 싫어해."

하는 것이다. 여지없이 아빠가 싫어한단다. 내 안에 이상한 오기 같은 게 생겼다. 내 이번엔 기필코 엄마의 저 답답한 머리카락을 자르고 말리.

"엄마~ 아빠 눈치만 보다가 언제 잘라봐? 그냥 잘라! 엄마도 귀찮다면서. 예전에 엄마 커트 머리 했을 때 진짜 예뻤

는데.”

나의 말에 단호했던 엄마가 조금씩 흔들리기 시작했다.

“그래? 그럼…… 그럴까? 에이, 근데 아빠가 싫어하면 어쩌지?”

“아유~ 아빠 눈엔 뭐가 안 예쁘겠어~. 아빠 핸드폰에 엄마 뭐라고 돼있더라~. 맞다! 내 사랑 희정! 그래! 그 사랑하는 희정이가 머리 좀 잘랐다고 안 예쁘다 하겠어?”

엄마는 몹시 요동하기 시작했다. 그러더니 마침내 마음을 정한 듯,

“그……치? 그래~. 그럼 이번엔 확 잘라보자!”

엄마는 그날 과감히 긴 머리카락을 싹둑, 자르는 결정을 내렸다. 사각사각 소리를 내며 엄마의 머리카락이 잘려나갈 때마다 내 마음의 답답함도 잘려나가는 것만 같았다. 산뜻하게 헤어스타일이 바뀐 모습을 요리조리 거울에 비춰보던 엄마도 꽤 만족한 듯 웃어 보였다. 그러나 엄마의 이 산뜻하고 좋은 기분은 얼마 가지 않았다.

엄마가 시골로 내려간 다음 날. 나는 아빠의 반응이 궁금해 엄마에게 전화를 걸었다. 엄마가 전화를 받자마자,

“엄마, 아빠가 뭐래? 예쁘대지? 난 엄마 지금 커트 머리가

훨~씬 예쁘다."

그런데 엄마의 목소리가 시무룩하기만 하다.

"예쁘긴 개뿔…… 아빠가 하나도 안 예쁘대……."

엄마의 목소리가 한순간 풀이 훅 꺾였다.

"응? 안 예쁘냐 했냐고? 왜?! 예쁘기만 하구먼!!"

"몰라……. 아빤 그냥 긴 머리가 좋대. 그게 제일 예쁘대 잖아~. 내가 안 자른다니까……."

제아무리 딸이 예쁘다고 해도, 주변 모두가 엄마의 달라 진 헤어스타일에 더 젊어졌다고 말해도 엄마는 하나도 기 쁜 것 같지 않았다. 정작 자신을 예쁘게 봐줘야 할 이의 반 응이 좋지 않으니 말이다. 엄마는 자신의 달라진 모습을 보 고 깜짝 놀라며 예쁘다고 칭찬할 아빠의 얼굴을 그렸을 거 다. 그리고 그 모습을 상상하며 한쪽 마음에 설렘이 담겨 있 었을 거다. 그런데 그 상상이 산산조각이 난 느낌에, 또 그 설렘이 한순간 바람에 거가 날리듯 사라진 허망함에, 마음 이 푹 꺾였던 것이다.

사랑하는 상대에게 예쁘게 보이고 싶은 건 여자의 본능 이다. 그리고 상대가 그걸 알아주고 바라봐주길 기대하는 건 여자의 최대 로망이다.

딸인 나도, 엄마인 외할머니도 할 수 없는 일. 그건 바로 엄마를 엄마가 아닌 여자로 만들어주는 것이었다. 엄마를 여자로 살게 하는 힘은 바로 남편의 사랑, 아빠인 것이다.

　남편 없이, 그것도 이혼녀라는 딱지를 등에 붙이고 살던 엄마에게 아빠는 존재 자체만으로도 큰 위안이 되고 구멍 난 자신의 반쪽짜리 인생을 완전하게 하는 힘이 됐다. 이젠 알겠다. 아빠만이 엄마를 온전한 여자로 만들어주는 유일한 한 사람이라는 걸.

　아빠에게 평생 죽는 날까지 '내 사랑 희정'으로 남고 싶은 엄마.

엄마가 말했다,

나도
외롭다고

몇 해 전. 엄마와 아빠의 시골집 근처로 사촌 이모가 이사를 왔다. 그런데 이모네와 트러블이 생겨 사이가 안 좋아지게 되자 외할머니가 엄마의 속을 발칵 뒤집어 놓았다. 동생인 네가 언니한테 좀 잘했어야지, 말이라도 좀 곱게 하지, 네가 성깔이 못된 구석이 있어서 그렇다 등등. 그리고 이날 엄마는 폭발해버렸다.

"나는 말을 못해서! 나는 등신 천치라서! 엄마 딸이 그렇게 못된 사람이야? 내가 뭘 그렇게 못했어? 때마다 오며 가며 들여다보고 뭐 좋은 거 있음 제일 먼저 챙겨주고! 여기서 뭘 더 잘해? 내가 무슨 동네북이야?!"

그러더니 엄마는 주저앉아 엉엉 통곡하기 시작했다. 엄마는 통곡을 하는 중에도,

"참는 년이 머저리지. 말을 안 한 내가 멍청한 거지. 누가 이 썩은 속을 알아주나. 누가 이 터지는 복장을 아냐고!!"

한참을 쏟아내던 엄마는 얼마쯤 지나서 차분해진 상태로 그간의 일을 말했다. 자신도 서운할 줄 아는 사람이고 속상하고 기분이 나쁠 줄 아는 사람이고 화도 나고 부아가 치밀 줄도 아는, 감정이 있고 모든 사람이 다 느끼는 그런 걸 느낄 줄 아는 사람이라고. 그저 참는 게 미덕이어서, 참는 게

좋아서 가만히 있었던 것만은 아니었다고. 나 하나 참으면 다 괜찮아질 것만 같았다고. 그래서 어쩔 땐 타 들어가는 속을 부여잡고 말 못할 속앓이에 한두 번 끙끙댔던 게 아니었다고. 그리고 마지막 한마디.

"나, 외로워 죽겠어. 식구들이 알아? 이런 나를? 뭐가 있어도 말 한마디 못하고 그저 입 꾹 다물고 있는 내 속을 누가 알아? 여기, 아는 사람 있으면 한번 말 좀 해봐, 어?"

엄마가 말했다. 나도 외롭다고.

그렇게 시골집에 다녀오고 며칠이 지나서였다. 비도 추적추적 오고 왠지 모르게 센티한 감성도 돌고. 문득 친할아버지와 친할머니의 시골집이 생각났다. 비 오는 날이면 마루에 앉아 신문지를 깔고 휴대용 버너를 놓고 처마 끝에 빗물이 떨어지는 모습을 보며 친할머니가 부쳐준 부침개를 먹던 생각이 났다. 가만 보자. 그때 누군가 찍어준 사진이 있었던 듯한데. 그때 사진이 아직 있으려나. 불현듯 사진을 보고 싶단 생각에 앨범을 꺼내 뒤지기 시작했다. 이렇게 된거 오랜만에 찬찬히 한번 볼까. 앨범을 열고 한 장 한 장 사진을 훑어보는데 유독 눈에 들어오는 사진 한 장이 있었다.

내가 기억도 나지 않던 시절의 나를 곁에 두고, 갓난쟁이 남동생을 유모차에 태우고 어느 공원에 서있는 엄마의 사진. 사진 속 엄마는 웃고 있지 않았다. 곧 울 것 같기도 하고 어쩐지 조금 지쳐 보이기도 한. 가만 들여다보고 있자니 언젠가 엄마에게 들었던 시절인 듯싶었다.

엄마의 전남편은 어린 남매가 다섯 살, 두 살이 되었을 무렵 생활비를 번다는 명목으로 사이판으로 떠나 2년간 돌아오지 않았다. 남편 없이 2년. 어쩌면 엄마의 외로움은 그때부터 시작되었는지 모른다. 엄마는 그 모든 날들에 대한 외로움을 동네 아줌마들과 10원짜리 고스톱을 치며 달랬고, 밤이면 어린 남매를 끌어안고 부업으로 하던 꽃송이를 접으며 달랬고, 주말이면 작게 동네 먹거리 잔치를 열어 먹는 것으로 달랬다. 그러나 그 달래지는 나날들도 오래지 않아 금방 동이 났을 터였다. 어린 두 자식을 데리고 밖에서 한 번 밥이라도 먹을라치면 주변 곳곳에 남편을 대동한 가족들이 눈에 밟혔을 거였다. 어린 자식들 중 하나가 아플 때면 홀로 발을 동동 구르며 눈물로 밤을 지새웠을 거였다. 딸내미 유치원 재롱 잔칫날엔 그보다 더 어린 아들을 들쳐업고 엄마 혼자 그 예쁜 모습을 눈에 담아야만 했을 거였다. 이런 나날들과 상황들을 엄마는 온전히 혼자 이겨내야만 했다.

그 모진 날들의 끝에 남편이 돌아왔던 날, 엄마는 그날만을 손꼽아 기다렸을 테지만 그 기대는 무참히 무너져 내렸다. 무능력한 남편을 대신해 엄마는 가정을 책임지는 가장이 되어야만 했다. 밤낮 없이, 쉼 없이 일에 치이고 어린 자식들을 키우고. 남편이 있어도 엄마의 일상은 달라지지 않았다. 차라리 그 남편이 없을 때가 더 나았을 만큼.

그렇게 엄마는 하고 싶은 말도, 해야만 했던 말들도 가슴속에 켜켜이 쌓아두는 법만 알아갔다. 누군가에게 내어놓는 방법을 점점 잊어갔는지도 모를 일이었다. 그렇게 하루이틀이 지나고 1년, 2년이 지나 강산이 몇 번은 바뀌었을 즈음 엄마는 스스로 느꼈을지 모른다. 더는 무언가를 쌓아둘 가슴이 없다고. 더는 내어줄 가슴이 없다고. 그렇게 엄마의 외로움은 바다보다 깊어져 갔고 엄마의 외로움은 가을 낙엽의 쓸쓸함보다 커져만 갔다.

그래서일까. 어느 순간부터 엄마는 말이 많아지고 자신의 이야기를 끊임없이 늘어놓는 습관이 생겼다.

엄마의 말이 매일 한 마디씩 늘어가는 건 외로워서였다. 그동안 쌓아두기만 한 그 숱한 이야기들을 아무라도 좋으니 좀 들어줬으면 하는.

엄마는 그동안 그런저런 외로움을 끌어안으며 어쩌면 자식들이 장성하길 기다렸을지도 모른다. 이제나저제나 나의 이야기를 조금은 들어주려나, 싶어서. 그러나 그런 엄마의 기대는 이번에도 무너졌다. 장성한 자식들은 각자의 삶을 살아내느라 바빴고 시간이 나도 그 시간을 엄마에게 내어주지 않았다. 엄마가 무언가를 말해오면 오늘은 이래서, 내일은 저래서. 결국 들어줄 수 없다는 말만 되돌아올 뿐이었다. 그래서 엄마가 택한 방법은 어쩌면 시간, 장소를 따지지 않고 누구라도 옆에 있을 때 자신의 이야기를 꺼내놓는 건지도 모른다.

엄마 안에는 아직도 못다 푼 외로움의 터널이 있다. 그리고 엄마의 그 외로움은 ing, 현재진행형이다.

엄마에게

딸은 어떤
존재일까

"딸내미, 할머니 전화 안 받으신다. 무슨 일 있는 거 아니겠지? 네가 좀 들여다봐."

"큰 아들(남동생) 혹시 무슨 일이 있어? 영 목소리가 안 좋네. 네가 전화 좀 해봐."

딸, 엄마가…… 딸, 이런 게…… 딸, 저런 게…….

우리 엄마는 딸에게 무언가 부탁하는 걸 즐긴다. 특히 거절하기 정말 애매하고 난감한. 결코 NO라고 답할 수 없는 것들이 대부분이다. 특히 바빠서 숨이 꼴까닥하고 넘어가는 순간에 이런 일은 더 자주, 빈번히, 그리고 심각하게 일어난다.

그날도 녹화 준비다, 원고 수정이다 해서 정말 눈코 뜰 새가 없었고 혼이 반쯤은 나간 상태였다. 그때 핸드폰 진동이 책상 위에서 거세게 울려댔다. 혹시 출연자 관련 전화인가 싶어 얼른 확인해보니 발신자가 '우리엄마'였다. 받을까, 말까 잠시 고민하다 일단은 받기로 했다. 내 목소리를 확인하자마자 들려온 엄마의 목소리가 다급하다.

"딸! 큰일 났다!! 할머니가 왜 전화를 안 받으시지? 노인네가 이런 적이 없는데 어쩐 일이라니……."

참 절묘하기도 하여라. 어쩜 늘 이런 상황, 이런 타이밍에 엄마의 전화 내용은 똑같은 걸까. 사실 엄마의 이런 전화에는 이미 익숙해져 있던 터라 대수롭지 않게 대꾸했다.

"할머니 보청기 빼고 주무시나보지. 할머니 보청기 빼면 아무것도 못 들으시잖아."

엄마는 나의 말에도 최악의 경우까지 다 열어둔 듯 말했다.

"아니 그래도 이렇게 못 들으실 수가 있어? 이런 적이 없는데……. 뭐 잘못된 거면 어떡하니……. 또 어디서 넘어지셔서 응급실에 가신 거 아니니?"

지난해 겨울. 빙판에서 넘어져 팔이 부러진 채 응급실에 간 외할머니의 전화를 받고 놀란 전적이 있는 엄마는 그날의 기억이 다시금 떠오른 듯 근심이 한층 더 깊어진 목소리였다. 하지만 당시 내 머릿속엔 이미 그날의 기억이 들어올 자리 같은 건 없었다. 전화를 그만 끊고 방송 준비에 집중을 해야 하는데……. 내 마음은 이미 엄마의 걱정과는 정반대 방향으로 흘러가고 있었다. 이제 정말 전화를 끊을 타이밍이다.

"엄마 노인정에 전화는? 순자 할머니한테 좀 가보시라 하지."

그리고 나의 말에 돌아온 엄마의 대답은 언제나 그렇듯,

"딸, 아무래도 엄마가 너무 걱정이 되는데……. 네가 좀 가보면 안 될까?"

또 똑같은 이야기였다. 딸, 네가 좀. 순간 화가 훅 하고 치솟았지만 나는 그걸 꿀꺽 삼킨 후 차분하게 말했다.

"엄마. 지금 나 못 가. 당장 방송 준비를 하고 있는 내가 어떻게 가. 큰 아들(남동생)한테 전화해서 가보라고 해. 거리상으로도 서울에 있는 나보다 그 옆에 있는 사람이 빠르지."

"걔도 일하잖아……."

언제나 이런 식의 이야기가 결국 그날 나를 폭발시켜버렸다.

"그럼 나는? 나는 지금 놀아? 그렇게 걱정되면 엄마가 올라오든가! 아니면 이참에 아예 할머니를 모시고 살든지! 것도 아님 엄마 아빠가 할머니 근처로 이사를 와! 당장 지금 나보고 어쩌라고!!"

갑자기 너무 화가 나고 답답해서 눈물이 흘렀다. 그러고는 속사포로 엄마에게 퍼붓기 시작했다. 내가 엄마 대리인이냐고. 그만 좀 부려먹으라고. 시골에 있어서 이럴 때 답

답한 거 알겠는데 그럼 당장 방송해야 하는 나는 무슨 몸이 열 개쯤은 되는 줄 아느냐고.

우는 건지 화를 내는 건지 모를 소리들을 한참 듣던 엄마가 무겁게 입을 뗐다.

"미안해 딸……. 엄마가 너무 엄마 생각만 했네. 일하는 너 생각을 하나도 안 했어. 엄마가 할머니 주변 좀 더 알아볼게. 일단 일해."

달깍-

마음이 개운한 것보다 더 찜찜하고 못내 속이 더 터질 것만 같은 이런 기분. 나는 화장실로 가 찬물로 세수를 연거푸 한 다음 마음을 좀 진정시키고 남동생에게 전화를 걸었다.

"너 지금 바쁘냐? 안 바쁘면 지금 할머니 연락이 안 된다니까 가볼 수 있으면 좀 가봐. 내가 가보면 좋은데 나 지금 방송 준비 중이야."

가라앉은 내 목소리에 동생도 무언가 심상찮은 기운을 느꼈는지 마침 시간이 비는 타이밍이니 자신이 가보겠다고 했다. 휴우. 절로 한숨이 몰아쉬어졌다. 그리고 나는 조금은 묵직한 마음으로 엄마에게 전화를 걸어 상황을 전했다. 내 이야기에 무언가 안심이 된 듯 긴장이 풀린 듯 엄마가 울

음이 곧 터질 것 같은 목소리로,

"바쁠 텐데 그래도 네가 그렇게 해주니까 고맙고. 엄마가…… 걱정은 되지, 나는 못 가지……. 아들놈한테는 이제 뭐 얘기하기가 좀 눈치도 보이고. 그래서 딸 찾으면 딸년은 지 살길 바쁘다고……. 나야말로 뭘 어째야 하냐?"

아들놈한테는 얘기하기가 눈치 보인다는 엄마의 말이. 그래서 바쁜 거 알지만 만만한 딸년을 찾게 된다는 엄마의 애타는 속이. 하지만 세상 바쁜 척하는 딸이 또 이렇게 야속하다는 엄마의 마음이. 나야말로 뭘 어째야 할지 모르겠다는 엄마의 답답한 심정이. 그 시간 오롯이 느껴져 심장 언저리가 아파왔다.

"미안해 엄마. 내가 방송할 땐 좀 예민해서 그래. 그만 울어……. 내가 잘못했으니까."

잘못했다는 내 말에 마음이 한시름 놓였는지 이번엔 엄마가 내게 별별 소리들을 퍼붓기 시작한다. 못 돼먹은 딸년이라는 둥, 이렇게 해결할 수 있으면서 엄마한테 그렇게까지 해야 했냐는 둥, 사람이 심성을 곱게 써야 한다는 둥. 엄마가 오죽하면 바빠죽겠다는 딸년한테 아쉬운 소리를 하냐는 둥. 정말 엄마를 몰라도 너무 모른다는 둥. 피식- 웃으며 엄마의 말을 듣다 보니 문득 이런 생각이 들었다.

남편의 뜻은 남의 편이라고 한다. 그럼 엄마에게 딸은 누구 편일까? 엄마에게 딸은 그런 게 아닐까.

절대로 거절 안 할 것 같은 상대. 엄마에게 딸은, 세상에 단 하나뿐인 내 편.

우리 엄마는 딸에게

무언가 부탁하는 걸 즐긴다.

특히 거절하기 정말 애매하고 난감한

결코 NO라고 답할 수 없는 것들.

엄마에게 딸은 그런 게 아닐까.

절대로 거절 안 할 것 같은 상대.

세상에 단 하나뿐인 내 편.

엄마도 때론

'역할'을 가질
권리가 있다

나는 상주 집에서 한 번도 설거지를 해본 적이 없다. 내가 설거지라도 할라치면,

"딸, 이런 거 하지 마. 나중에 결혼하면 누가 하지 말래도 지겹도록 해야 하는 게 이런 건데. 뭘 벌써부터 해. 엄마가 할게. 가서 그동안 못 잔 잠이나 실컷 자."

그러고는 기어이 설거지통에 담근 내 손을 빼낸다. 이럴 때 엄마는 마치 '엄마' 말고는 다른 이름은 없는 사람 같다. 오로지 엄마가 되기 위해 태어난 사람처럼.

한창 농번기에 새벽부터 일어나 과수원 일에, 새참 만드는 일에, 세 끼 밥상에, 온갖 집안일에. 정작 쉬어야 하고 잠을 더 자야 하는 사람은 엄마다. 그런데 엄마는 내게 "그동안 못 잔 잠을 실컷 자"라고 말한다. 이럴 때마다 나는 내가 엄마에게 꼭 짐을 하나 더 얹어준 것만 같다. 괜히 이 바쁜 철에 엄마한테 와서는 설거지할 그릇만 하나 더 늘게 한 것 같아 마음 한편이 어쩐지 좀 불편해진다. 이래저래 묵직한 불편함을 끌어안고 에라 모르겠다, 소파에 벌러덩 누워 TV를 틀었지만 눈에 들어올 리가. 주방에서 분주한 엄마의 뒷모습에 자꾸만 시선이 가서 참다못한 나는 결국 소파에 뉘였던 몸을 일으켜 엄마 옆에 섰다.

"내가 뭣 좀 도와줄 거 없어?"

엄마는 0.1초의 망설임도 없이,

"없어~ 엄마가 하면 돼."

"아! 세탁기 내가 돌릴까?"

"아니, 엄마가 할게."

엄.마.가.할.게. 엄마는 이 다섯 음절로 모든 걸 일축시켜 버렸다. 자신을 무슨 슈퍼우먼쯤으로 알고 있는 모양이다. 뭐든지 엄마가 한단다. 이것도 엄마가, 저것도 엄마가. 그날 하루 내내 엄마는 엉덩이를 땅에 붙일 새 없이 여기저기를 바쁘게 움직여댔다. 그러더니 결국 밤에 앓는 소리가 온 방에 울려 퍼졌다. 한 번 몸을 비틀 때마다 아고야, 아고야 소리가 엄마 입에서 절로 나왔던 것이다. 그러다 도저히 안 되겠는지,

"딸아~ 엄마 파스 좀 붙여줘."

옷을 홀러덩 걷어붙이고 등을 훤하게 내 쪽으로 들이민 다. 무심하게 엄마의 등과 허리, 어깨에 파스를 붙이던 나는 도대체 내 엄마는 언제 적부터 이렇게 모든 걸 홀로 하겠다고 나서게 된 걸까, 싶은 생각이 들어 참지 못하고 지청구

를 날린다. 엄마가 무슨 철인 28호쯤은 되는 줄 아느냐고. 이것도 내가, 저것도 내가. 온통 내가, 내가, 하다가 결국 이 짝이 난 거 아니냐고. 혼자 안 하면 몸에 가시라도 돋치느냐고. 그러니 병이 안 나는 게 이상한 거라고.

잠자코 듣고 있던 엄마가 그저 흘러가는 말인 듯 이야기했다. "잔소리 하지 말어. 너는 그래도 엄마가 너 오면 다 해주는 게 행복한 거야~. 엄마는 아빠 일찍 돌아가시고 외할머니랑 둘이 살면서 혼자 다하고 컸어."

엄마가 열 살 무렵. 엄마는 외할머니와 단 둘이 남게 됐다. 그렇게 과부가 된 외할머니는 새벽 나절부터 밤늦도록 일을 해야만 했다. 어린 딸을 홀로 키워야 했으므로. 두 식구 먹고살기가 바빠 할머닌 엄마의 도시락 한 번을 싸주지 못했다. 학교 소풍이나 운동회 날이 돌아오면 엄마는 그 고사리 같은 손으로 스스로 김밥을 쌌고, 이따금씩 할머니가 쉬는 날 음식을 만들 때면 그 곁에 서서 어깨 너머로 만드는 방법을 잘 봐뒀다가 제 손으로 반찬을 해 도시락을 싸갔다. 학교에서 돌아오면 행여 늦게 돌아온 할머니가 끼니를 거르고 왔을까, 싶어 된장찌개나 김치찌개를 끓여두기도 했다.

엄마는 말했다. 할머니가 싸준 도시락 한 번 먹어보는 게 소원이었다고. 하지만 할머니한테 단 한 번도 내색하지 않았다고 했다. 그 이야기를 하면 못해주는 할머니 속이 더 미어지고 아플까, 싶어서.

할머니의 얼굴도 못 보고 잠이 드는 날이면 엄마는 할머니에게 전하고 싶은 말을 종이에 또박또박 큼지막하게 써서 할머니가 다음 날 신을 신발 위에 놓아두었다고 했다. 할머니가 잊지 않고 잘 볼 수 있도록.

엄마, 나 오늘 학교 준비물 사야 해.

준비물 값 책상 위에 놔주고 가~.

그리고 오늘도 조심해서 일해.

준비물 값을 책상에 놓고 나가려다 말고, 외할머니는 안쓰러운 마음에 곤히 잠든 어린 딸의 볼을 몇 번이나 쓰다듬고 또 쓰다듬고.

여기까지 이야기를 끝낸 엄마는 "아고고야~" 소리를 내며 침대에 몸을 누이곤 내 쪽을 흘깃 보더니 무심한 듯 덤덤한 듯 말했다.

"그러니까 엄마가 해줄 때 그냥 받아~. 내가 언제까지 해줘겠어? 사람 일이란 게 1분 1초도 모르는데. 내가 내일 당장 죽기라도 해봐라. 내 자식들은 그래도 평생 엄마한테 못 받은 게 아니라 받은 거 기억하면서 살지 않겠어?"

맞는 말이다. 엄마 말은 뭐 하나 틀린 것 없이 처음부터 끝까지 다 맞는 말이다. 그런데 나는 왜 이리 마음 한쪽이 바늘로 찔러대는 것처럼 아픈 건지.

엄마가 있어서 다행이고 엄마가 엄마로서 자식들에게 해주는 것도 고맙고 행복하고. 그런데 꼭 지금처럼 이렇게 하지 않아도 엄마는 내게 그저 엄마다. 무언가를 해주기 때문에 엄마가 아닌. 그리 해줘야만 꼭 엄마가 아닌.

울컥하고 나도 모르게 올라오는 눈물을 들킬까 싶어 나는 얼른 엄마 옆에 누워버린다. 그리고 큼큼 가라앉는 목소릴 가다듬으며,

"알겠으니까 좀. 어? 엄마 몸 좀 생각하시라고~. 나는 이런 생활이 오래오래 갔으면 좋겠거든? 기억 같은 거 말고."

뭔가 이상한지 엄마가 내 얼굴을 가까이 들여다본다.

"너 울어? 진짜 울어? 왜? 엄마가 갑자기 불쌍해졌냐? 오메~ 오래 살고 볼 일이네~ 내 딸이 지 엄마 불쌍하다고 울

기도 한데요~ 얼레리 꼴레리."

"울긴 누가 울어! 아, 안 울었다고!!"

까르르 박장대소를 하며 나를 놀리는 엄마. 그리고 그 곁에서 놀리지 말라며 틱틱대는 나. 어쩐지 이 모습이 꼭 친구 같기도 하고 자매 같기도 하고.

어쩌면 엄마는 그 옛날부터 '내가 나'로 살 수 있는 역할 같은 건 생각지도 못하고 살았는지 모른다. 그런 걸 생각하고 챙기고 할 새도 없이 하루하루 흘러가는 삶을 살아냈을지도 모른다. 하지만 그럼에도 불구하고.

나는 엄마가 있는 그대로, 지금 이 모습 그대로 내 옆에 있어주었으면 좋겠다.

아주아주 오래.

엄마가 있어서 다행이고

엄마가 엄마로서 자식들에게 해주는 것도

고맙고 행복하고.

그런데 꼭 지금처럼 이렇게 하지 않아도

엄마는 내게 그저 엄마다.

무언가를 해주기 때문에 엄마가 아닌.

그리 해줘야만 꼭 엄마가 아닌.

눈이

부시게,
활짝

"딸, 눈부시게? 눈부시게 맞나? 그거 영화야? 드라마야? 뭐야? 어디에서 보면 돼?"

그 드라마 보라고 한 지가 언젠데……. 보라고 할 땐 귓등으로 듣더니. 그나저나 〈눈이 부시게〉가 종영한 지도 두 달이 다 되어가는데, 별안간 엄마가 거기에 관심을 갖는 게 더 궁금해질 찰나였다. 문득 아침에 본 기사가 생각났다. 〈눈이 부시게〉에서 주인공으로 열연한 김혜자 선생님이 백상예술대상에서 대상을 탔다는 내용이었다. 딸의 말은 귓등이었던 우리 엄마에게 매스컴이 가져다주는 신뢰는 절대적이라는 걸 절감하는 순간이었다.

"아니, 지금 밭에서 라디오 듣는데 거기서 나오잖아~. 눈부시게. 그게 눈물을 쏙 뺄 정도로 그렇게 감동적이라며?"

눈물을 쏙 뺄 정도의 감동. 엄마는 그것이 꼭 자신에게 지금 필요한 것처럼 말했다. 시골에 살며 특별할 것도 없는 나날들에 필요한 무엇이었을까.

엄마의 말에 〈눈이 부시게〉의 장면 장면을 떠올려보았다. 내가 그 드라마에서 기억하는 에피소드 중 가장 기억에 남는 장면이 몇몇 있다. 꿈도 많고 청춘에 대한 열정이 가득한 20대의 대학생 혜자의 이야기에서, 자신이 알츠하이머라는 것을 잊고 어린 시절의 혜자로 돌아가는 이야기에서, 남편을 잃고 사고로 다리를 잃은 아들을 강하게 키우기 위해 혜자가 스스로 독해지는 이야기에서.

〈눈이 부시게〉는 현재를 잊고 점점 과거로 돌아가는, 알츠하이머를 앓고 있는 혜자 할머니의 인생을 담은 드라마다. 누구나 가지고 있는 삶의 단맛과 쓴맛, 인생이라는 이름의 아름다움을 걷고 있는 이 시대 엄마들을 향한 메시지. 나는 이 드라마를 보면서 외할머니를 떠올렸고, 엄마를 떠올렸다. 드라마 혜자의 삶이 우리 할머니였고, 내 엄마였기에.

언젠가 엄마의 사진첩을 본 적이 있다. 자주색 폴라에 짙은 자주색 나팔바지를 입고 짧게 커트 머리를 한, 수줍게 웃고 있는 초등학교 6학년의 엄마. 살이 제법 통통히 올라 동글동글한 얼굴에 귀밑 3센티미터의 단발머리, 무릎까지 내려오는 검정 교복치마에 하얀 블라우스를 받쳐 입고 담임 선생님과 친구를 보며 함빡 웃고 있는 중학생 때의 엄마. 또래보다 키도, 몸집도 꽤나 커서 배구를 하던 고교 시절의 엄마. 정말 눈부시게 환한 웨딩드레스와 면사포를 쓰고 조금은 무뚝뚝한 표정으로, 조금은 어색한 듯 카메라를 응시하고 있는 엄마. 꼭 지금 내 나이쯤 되는 나이 때 화려한 슈트를 좌악 빼입고 활짝 웃고 있는 삼십 대의 엄마. 긴 머리를 늘어뜨리며 가을 강가에 발을 담그고 외로운 듯 조금은 쓸쓸히 웃고 있는 엄마. 내가 모르는 엄마의 얼굴들이, 감정들이, 삶들이 고스란히 그곳에 담겨 있었다.

엄마가 어떤 사람이었는지 엄마의 삶이 어땠는지 그 시대에 엄마는 어떤 소녀였는지 무엇을 꿈꾸고 무엇을 그리며 그 청춘들을 보냈는지 나는 모른다. 그래서 엄마가 여자가 아닌, 나와 똑같은 어떤 인격체가 아닌, 그저 나의 엄마로만 인식했던 건 아닐까. 엄마도 여자라는 걸, 사람이라는 걸, 슬프고 아프고 기쁘고 행복한 걸 그대로 느낄 수 있는, 내가 느끼는 걸 엄마도 보고 듣고 느끼며 살아가는 존재라는 걸.

어쩌면 엄마는 지나간 자신의 날들을 돌아보고 싶은지도 모른다. 누군가가 대단히 알아줄 만도, 어떤 휘황찬란한 삶도, 스스로가 좋았다 하지도 못했던 날들. 엄마는 어쩌면 그 기억들을 이제 하나씩 꺼내고 싶은지도 모르겠다. 눈물이 쏙 빠질 정도로 감동적인 그 삶의 한 부분을 찾아서.

비록 스스로가 특별히 좋았다 느끼지 못하고 지나간 날

들을 사랑하지 못했을지라도. 지나간 엄마의 시간들은 엄마가 돌아보는 그 언저리, 언저리마다 활짝 웃으며 이렇게 말할 것이다.

"너의 인생은 그 누구의 것보다 눈이 부셨다. 그래서 찬란했고, 그래서 아름다웠다. 나의 인생이자 너의 삶이었던 그날들. 지난한 그 여정들을 지나며 외롭고 아팠을지라도, 누군가 안아주고 덮어주는 인생이 아니었을지라도, 비록 그리 아니했을지라도, 너의 가치는 빛나기에 충분하다. 너의 날들은 가을볕보다도 뜨겁고 봄의 만개한 꽃보다도 흐드러지며 밤하늘의 별빛보다도 반짝인다."

엄마의 인생은 지금까지도 잘 가꾸어온 인생이었고, 앞으로도 그럴 것이다.

눈이 부시게, 활짝

내 삶은 때론 불행했고 때론 행복했습니다.

삶이 한낱 꿈에 불과하다지만

그래도 살아서 좋았습니다.

새벽에 쨍한 차가운 공기,

꽃이 피기 전 부는 달큼한 바람,

해질 무렵 우러나는 노을의 냄새,

어느 하루 눈부시지 않은 날이 없었습니다.

지금 삶이 힘든 당신, 이 세상에 태어난 이상

당신은 이 모든 걸 매일 누릴 자격이 있습니다.

대단하지 않은 하루가 지나고,

또 별거 아닌 하루가 온다 해도,

인생은 살 가치가 있습니다.

후회만 가득한 과거와 불안하기만 한 미래 때문에

지금을 망치지 마세요. 오늘을 살아가세요.

눈이 부시게. 당신은 그럴 자격이 있습니다.

누군가의 엄마였고, 누이였고, 딸이었고,

그리고 나였을 그대들에게.

- 드라마 〈눈이 부시게〉 마지막 대사

따뜻한

바른말
한마디

"딸, 오늘 엄마 병원 갔다 왔어."

"병원? 병원은 왜?"

"다른 게 아니고 엄마 무릎이랑 팔에 물혹 생긴 거 주사 맞으러."

서울에 올라오자마자 병원에 갔다는 엄마의 말에 심장이 덜커덕 내려앉았다. 혹시 몸 어딘가가 크게 망가져 입원이라도 해야 하는 상황인 건지, 싶어서였다. 그런데 다행히도 주사로 해결된다는 말에 한시름 놓는 찰나였다.

"근데 있잖아 딸. 병원 갔다가 되게 웃긴 일이 있었다?"

병원에서 대단히 웃길 만한 상황이 뭐가 있을까, 싶어 엄마를 쳐다보자 엄마가 생글생글 웃으며 말을 잇는다.

"엄마가 시골 내려가기 전에 서울에 살 때 다녔던 병원이 있거든. 오늘 거기를 갔는데 글쎄 원장님이 그대로 계시더라고. 그래서 어머 원장님, 세상에 많이 늙으셨네요. 이제 좀 쉬셔야 되겠어요. 그랬더니 원장님이 뭐라는 줄 알아?"

"……글쎄……."

"13년 만에 오셨네요. 이러면서 오랜만에 병원 찾는 사람들이 자기를 보면 원장님 어떻게 그대로시냐고 그런다는 거야. 근데 자긴 그거 다 뻥인 거 안다고. 다~ 거짓말이라고. 그러면서 나보고는 참 솔직하다면서 기분 좋게 웃으시더라?"

말을 마친 엄마는 뭐가 그리도 좋은지 연신 깔깔대며 웃어댔다. 이게 그토록 웃긴 이야기이고 저토록 엄마를 웃게 할 수 있는 이야기인가 싶어 나는 의아했다. 그러나 곧 엄마의 그 모습에서 나는 엄마 안에 내가 그동안 보지 못했던 모습을 볼 수 있었다.

엄마는 바른말을 참 잘하는 사람이다. 빈말이라고는 정말 할 줄 모르는 사람이다. 빈말을 할 바엔 입을 아예 다물어버리는 사람이니 말이다. 엄마는 있는 그대로 자신이 하고자 하는 말, 자신이 생각하고 느낀 바를 거침없이 이야기하는 사람이다. 더욱이 아닌 건 아니라고 꼭 말하는, 그런 사람이다. 이런 엄마의 모습은 솔직담백해 보이기도 하지만 어찌 보면 너무 직설적으로 바른말을 해대는 통에 듣는 상대에게는 상처가 되기도 한다. 그래서 나는 엄마의 이런 바른말 화법을 별로 좋아하지 않았다.

언젠가 엄마의 옆집에 사는 이웃 아줌마가 놀러 와서 엄마와 이러쿵저러쿵 대화를 나누는 것을 듣게 됐다. 이야기의 맥락을 가만히 짚어보니 아줌마는 며칠 전에 동네의 친한 형님으로부터 마음에 상처를 입은 듯했다. 그날 기분 상한 것에 대해 표를 내지 못했는데 돌아서서 가만 생각하니 아무래도 상대가 자신을 너무나도 막 대했다는 생각을 떨칠 수가 없어 잔뜩 분이 났었다. 그래서 말을 할 타이밍을 잡는다는 게 결국 며칠이 지났고 오늘에야 말할 기회가 생겨서 상대에게 며칠 전 자신에게 한 말을 사과하라고 했더란다. 아줌마는 자신이 그렇게 이야기를 하면 상대가 사과를 할 줄 알았는데 오히려 적반하장으로 나와서 더 큰 싸움이 됐다는 이야기를 했다. 대화를 이어가는 아줌마는 줄곧 억울하단 말을 썼고 그 말은 곧 엄마에게 자신의 마음을 좀 알아주고 편을 들어달라는 것이었다. 그러나 그런 아줌마에게 우리 엄만 여지없이,

"그건 네가 잘못했네~. 처음부터 네가 할 말을 했어야지. 거기서 그렇게 참고 가만 앉았으니까 그 사람은 네가 그런 사람이라고 생각하는 거지. 그게 당연하잖아? 그러다가 며칠 뒤에 네가 그날 있었던 일에 대해 얘기를 하는데 그 사람이야 황당하지. 생각지도 않고 있었던 일에 네가 따지고 드니까."

이번에도 아줌마는 자신의 생각과는 정반대되는 상황 연출에 적잖이 당황해했고 또 상처를 받은 듯했다. 그 모습을 보며 나는, '엄마도 참. 돈 드는 것도 아니고 그냥 편 좀 들어주지……. 뭘 또 저렇게까지 하나하나 열거를 하실까' 싶었다. 물론 엄마의 말이 틀린 건 없었다. 구구절절 옳고 하나부터 열까지 참말이었다. 그러나 아줌마의 풀 죽은 얼굴을 보니 어쩐지 엄마와 사이가 틀어지는 건 아닐까 싶어 내심 걱정이 되는 것이었다. 그런저런 생각으로 머릿속이 복잡해질 때였다. 엄마의 말을 한참 듣고 있던 아줌마는, "자기 말, 잘 알겠어. (시계 보더니) 어머, 벌써 저녁때가 다 됐네. 가서 밥 해야겠다. 얘기 들어줘서 고마워" 하더니 서둘러 제집으로 돌아갔다. 아줌마가 돌아간 뒤, 나는 엄마에게 지청구를 주듯 말했다.

"근데 엄마, 그냥 아줌마 편 좀 들어주지 그랬어. 편들어 달라고 말한 거 같은데 엄마는 그렇게 중간에서 아픈 것만 콕콕 집어서 얘기를 하냐~. 엄마 그렇게 좀 말하지 마."

엄마는 내 말이 굉장히 무례하다는 듯이 발끈했다.

"야, 너야말로 엄마한테 그렇게 말하지 마. 그건 아닌 거거든? 사람이 아닌 건 아니라고 말을 해줘야지, 왜 아닌 걸

맞다고 말해? 그런 건 가식이잖아. 그리고 사람이 살면서 어떻게 좋은 소리만 듣고 사냐? 나 같은 사람도 있어야 사람 관계도 바르게 돌아가는 거야."

내 말에 마음 상했단 표시를 잔뜩 한 채 밥을 안치는 엄마의 뒷모습을 보며 나는 엄마에게 들릴 듯 말 듯 조용히 중얼거렸다.

"그러는 엄마도 며칠 전에 그냥 너는 엄마 편 좀 들어줄 순 없느냐고 따졌으면서……."

그리고 저녁밥을 먹을 때쯤 엄마의 핸드폰이 울렸다. 옆집 아줌마였다. 조금 전 상황을 미루어 보건데 아줌마가 엄마에게 서운했던 걸 터뜨리겠구나, 싶어 아찔해졌다. 그런데 상황은 전혀 다르게 흘러갔다. 엄마는 아줌마와 통화하는 내내 깔깔깔 웃어댔고 무언가 굉장히 기분 좋은 듯 말투도 부드러웠다. 도대체 뭐지? 싶어 엄마가 전활 끊기만을 기다렸다. 그렇게 10여 분쯤 하하호호 대화를 이어가다 마침내 통화를 끝낸 엄마를 보며 물었다.

"왜? 아줌마가 뭐래?"

"나한테 고맙다고. 아깐 솔직히 내가 너무 세게 말해서 마음이 언짢았는데 집에 돌아오는 길에 가만 생각을 해보니 말을 안 한 자기도 잘못이 있는 거 같다면서. 그래서 싸웠던 형님한테 전화해서 잘 풀었대. 잘됐지 뭐."

그러더니 밥을 맛있게 먹기 시작했다. 그런 엄마를 보고 있자니 내가 정말 우리 엄마에 대해 아는 게 별로 없단 생각이 들어 미안함이 밀려왔다. 엄마가 바른말을 할 때마다 내 모습은 줄곧 이랬으니 말이다.

"엄마 제발 그렇게 좀 말하지 마."
"엄마는 말을 꼭 그렇게 하더라?"
"그렇게 다 말을 해야만 속이 시원해?"

우리 엄마의 말은 언제나 솔직하다. 투박하고 거칠다. 그리고 엄마의 화법엔 상대를 생각하는 엄마만의 특별한 감정이 숨어 있다.

"그건 경우가 아니다"라고 하는 쓴소리엔 상대가 옳지 않은 길을 선택하지 않길 바라는 진솔한 마음이 담겼고 "이런 부분은 좀 아니지 않니?"라는 말에는 그저 듣기 좋은 가식 섞인 말이 아닌, 진심으로 그 상대를 위한 진정성이 담겨 있다.

우리 엄마의 바른 그 말엔 따뜻함이 스며 있다. 온갖 걱정이 한껏 배어 있고 온갖 사랑이 소복소복 쌓여 있고 무엇보다 사람의 마음을 있는 그대로 들여다보려고 하는 투명함이 언제나 가득하다.

우리 엄마의 말은 바르다.
우리 엄마의 말은 따뜻하다.
그래서 좋다.

오래오래,

곁에 두고
싶은 마음

올해로 다섯 살이 된 나의 어린 조카는 내게 늘 애틋하다. 내 생애 처음 생긴 첫 조카이기도 하고 안 보면 눈앞에 어른거리고 보고 싶고 궁금하고. 꼭 어린 조카와 사랑에 빠진 것 같다. 전에 주변 지인들이 서로 앞다퉈 나에게 자신들의 조카를 줄기차게 자랑할 땐 몰랐다. 왜 저렇게들 조카 자랑에 야단법석들인지, 하고 말이다. 그런데 나에게 조카가 생기고 보니 나는 더한 팔불출이다. 어디 가서든 조카 사진을 꺼내 보여주기 바쁘니. 여하튼 나는 조카를 참 사랑한다. 그것도 엄청나게.

이렇게 서로 사랑하고 애틋한 나와 조카는 작별하는 데에만 엄청난 시간이 든다. 그야말로 환장할 사랑과 작별이다. 헤어질 시간이면 어린 조카도 그런 감이 오는지 벌써부터 제 눈동자만한 눈물방울을 뚜욱뚝, 떨어뜨리며 울고불고 외쳐댄다.

"고모! 가지 마!! 가지 마~ 고모, 고모!! 엉엉"

우는 조카를 안고 어르고 달래다가 그것도 안 통할 땐 동생부부의 강제 이별소환이 이어진다. 결국 조카는 엉엉 울면서 제집으로 향한다. 이럴 땐 여간 마음이 아프고 속상한 게 아니다. 그래서 몇 분 후에는 기어이 핸드폰을 꺼내들고 올케에게 전화를 한다.

한 차례 이런 작별 폭풍이 떠나가고 나면 내 기억에 문득 떠오르는 장면이 하나 있다.

내가 동생과 시골 깡촌인 친가에서 살 때, 엄마가 딱 한 번 그 깡촌으로 찾아온 적이 있었다. 버스를 다섯 번이나 바꿔 타면서. 1년 만에 본 엄마가 실감이 안 나서 내내 엄마 얼굴을 만져보고 손을 만져보며 "진짜 엄마야?" 몇 번이고 확인을 했던 기억이 난다. 하루 종일도 아니고 엄마와 함께 있었던 그날의 단 몇 시간은 내 인생에 몇 안 되는 가장 행복한 순간으로 꼽는다.

보고 싶다, 보고 싶다, 보고 싶다고 속으로 앓고 울며 언제 만날 수 있을지 모를 그 상대를 기약도 없이 되뇌이기만 하다 실제로 그리운 대상이 내 눈앞에 나타났을 때. 그때의 그 마음을 단 몇 자의 글로 어떻게 표현할 수 있을까.

그런데 1년을 기다린 끝에 엄마를 만난 행복은 그리 오래 가지 못했다. 고약한 기다림을 장장 365일이나 했는데. 하루도 쉬지 않고 엄마를 생각했는데. 엄마와 이별할 시간은

야속하게도 왜 그리 빨리 지나가는지. 엄마와 헤어질 시간
이 되었다는 걸 직감한 나는 그 시간부터 다시 엄마와 떨어
져야 한다는 생각이 들어 공포스럽기까지 했다. 하지만 나
의 이런 공포와 두려움에도 이별은 예정된 것이었다. 엄마
는 나와 동생을 친할아버지, 친할머니 품으로 돌려준 다음
대기해놓았던 택시에 곧바로 올라탔다. 한 번도 뒤돌아보
지 않고. 그런 엄마를 보고 나는 내 힘이 닿는 데까지 전력
질주를 했다.

"엄마 가지 마! 가지 마! 엄마!!"

후에 들은 얘기로, 엄마는 택시 안 룸 미러를 통해 가지
말라고 애타게 불러대는 어린 딸을 보며 하염없이 울었다
고 했다. 그렇게 어린 남매를 보고 돌아서 온 날로부터 엄마
는 몇 날 며칠을 끙끙 앓아누웠다고 했다. 어린 두 남매가
엄마 가지 말라고 종종히 뛰어오는 모습이 눈을 떠도 보이
고 감아도 선해서.

내가 지치고 힘들 때, 위로가 필요할 때. 가장 먼저 떠오
르는 장소는 바로 상주 시골집이다. 이거저거 다 팽개치고

도피를 할 때도 그랬고, 울고 싶은 날도 그랬고, 누군가에게 상처 받고 아플 때도 그랬다. 내가 언제나 마음 터놓고 편하게 늘어져 있을 수 있는 곳. 그 집에서 엄마가 해주는 밥 한 끼 먹고 누워 있으면 배가 따뜻해지면서 그동안 도시 생활로 내 안에 쌓인 온갖 노폐물과 독소들이 다 빠져나가는 것만 같았다.

그날도 그랬다. 방송에 찌든 생활에 회의감마저 들어 정말 다 내려놓고 방송국 쪽으로는 침도 안 뱉고 싶은 날이었다. 엄마에게 전화를 해,

"나 내일 아침 기차로 내려갈래."

이 통보를 받은 엄마는 으레 확인하는 게 한 가지 있다.

"며칠 있다 갈 건데?"

"며칠씩이나 못 있지. 내려가면 그 다음 날이나 다다음 날은 다시 올라 와야지."

이럴 때 우리 엄마의 반응은 대부분 시큰둥이다.

"서울서 여기까지 하루 이틀만 왔다 갈 거면 뭣하러 와. 오지 마."

잠시 우리 모녀 사이에 침묵이 이어진다. 그리고 언제나 그렇듯 내 쪽에서 입을 먼저 연다.

"엄마는 내가 며칠씩이나 거길 어떻게 있어? 그럴 정도로 내가 한가해? 내가 지금 어떻게 사는데……. 진짜 엄마까지 왜 그래. 방송하다 잠깐 짬이 나서 가는 거지. 며칠씩 안 있으면 내가 갈 수도 없는 집이야? 거기가?"

"끊어."

뚝. 엄마는 전화를 끊어버린다. 더 이상 대화를 하고 싶지 않다는 엄마만의 방식이다. 도대체가 이해할 수 없는 엄마의 표현법에 나는 가끔 기가 질리고 화가 나고 짜증도 솟구친다. 이럴 때 나의 특효약은 어린 조카에게 영상통화를 걸어 조카의 예쁜 모습을 보는 거다. 조카의 그 예쁜 모습을 보며 통화를 하고 나면 기분도 좀 가라앉고, 조금 전 엄마 때문에 다친 마음도 좀 사그라지기 때문이다. 그런데 문제는 늘 마지막이다. 조카는 전화를 끊을 때가 되면 "고모 끊지 마!" 하는 거였다. 전화 한 번 끊는 데만도 또 몇 십 분이 훌쩍 지난다. 이 마무리 역시 올케의 강제 전화 종료로 막을 내린다.

피식- 하고 웃음이 나오려는 찰나, 가슴 한편이 아릿하게 저려왔다. 조카랑 전화 한 번 끊는 데도, 잠시 헤어지는 데도 이렇게 애틋하고 애가 닳는데. 몇 년 씩 자식을 떼어 놓아야만 했던 내 엄마는 그때 어땠을까.

그래서였을까. 하루 이틀 가지고는 성에 안 차는 마음. 그것보다는 좀 더 내 자식을 품에 끼고 오래오래 곁에 두고 보고 싶은 마음. 꼭 끼고 앉아서 엉덩이도 두들겨주고, 잘 때 머리랑 볼도 쓰담쓰담 해주고 싶은 엄마의 마음.

"엄마 가지 마!"

울며 외치며 택시 뒤를 쫓아오던 어린 딸의 그 모습을, 어쩌면 엄마는 아직도 가슴에 품고 사는 걸까?

하루 이틀 가지고는 성에 안 차는 마음.

그것보다는 좀 더 내 자식을 품에 끼고

오래오래 곁에 두고 보고 싶은 마음.

꼭 끼고 앉아서 엉덩이도 두들겨주고,

잘 때 머리랑 볼도 쓰담쓰담 해주고 싶은

엄마의 마음.

엄마도 엄마를
사랑했으면 좋겠어

3부
—

엄마의 상처는 나로 물들여졌다

엄마가

시들어가는 줄도
모르고

엊그제 남동생에게서 전화가 왔다.

"누나 너, 엄마 병원에 입원한 거 알아?"

"……."

알 리 없었다. 엄마와 두 달간 연락도 하지 않았으니 당연했다.

"왜. 또 허리야?"

"어~ 전화 한 번 해봐. 오늘 수술이랬어."

농사를 짓기 시작하면서 엄마의 허리 병은 고질병이 돼버렸다. 지난해 11월에 수술했는데 또 수술이라니. 걱정과 그 비슷한 화가 울컥 치밀었다. 아니 허리 수술한 지가 얼마나 됐다고. 계속 수술만 하면 뾰족한 수가 생기나? 이러다 아주 주저앉기라도 하면. 그땐 어쩌려고? 농사고 뭐고 다 집어치웠으면 좋겠다고. 전화를 걸어온 동생이 잘못이라도 한 것처럼 나는 화를 쏟아놓기 시작했다. 묵묵히 듣고 있던 동생이 말했다.

"그렇게 걱정되면서 그동안 전화 한 통 안 했냐. 얼른 전화해봐, 엄마한테."

동생과 전화를 끊은 후에도 나는 한참이나 핸드폰을 열었다 닫았다를 반복한 끝에 엄마에게 전화를 걸 수 있었다.

"오랜만이네, 딸"

엄마의 부드럽고도 차분한 음성이 들려왔다. 막상 엄마의 목소리를 듣고 나니 미안해서 죽겠고, 걱정돼서 죽겠고, 화가 나서 죽겠고, 속이 상해 죽겠고. 온통 죽겠는 마음만 들었다. 이런 계기가 아니면 끝까지 전화 한 통 안 했을 거라고 생각하니 세상 이렇게 못된 딸이 또 있을까, 싶은 마음에 또 죽겠고. 그러나 이런 마음들은 잠시 물러두고 엄마의 건강 상태부터 물었다.

"지난해 수술하고 김장한 게 탈이 났나봐."

김장이었다. 그깟 김장 한 번 안 하면 어디가 잘못되기라도 하나. 그때 올해만 김장하지 말고 김치를 사 먹자고 했건만. 도대체 그깟 김치가 뭐라고. 화 한 덩이가 울컥하고 치솟았다. 그러나 나는 이 말을 꿀꺽 삼키고 최대한 부드럽게 한마디했다. 몇 시간 전 수술을 하고 나온 엄마에게 차마 화를 내며 할 소리들은 아니었으므로.

"엄마, 그러게 내가 지난해 김장하지 말고 사 먹자니까. 이번에는 퇴원하면 아무것도 하지 말고 좀 쉬어. 알겠지?"

전화기 밖에서 엄마가 울먹이고 있었다. 엄마가 말했다. 울면서 수술실에 들어갔다고. 사실 지금 이 상황에 제일 속상한 건 엄마 자신이었다.

수술을 하고도 엄마의 허리 병이 재발하는 것은 농사 때문이었고, 김장 때문이었고, 이따금씩 자식들이 내려가면 끼니 때마다 해대는 밥상 때문이었다.

엄마의 허리는 그렇게 매일 시들어가고 있었다. 그런데 나는 어쩌면 그게 당연하다고, 어느샌가 생각하고 있었나 보다. 엄마의 허리에 조금만 더 살뜰히 관심을 가졌더라면. 엄마가 듣기 싫어해도 잔소리도 좀 하고 영양제도 좀 챙겨 주고 그럴 걸. 이럴 땐 정말 내가 나한테까지 화가 난다. 평소에 좀 잘할 것이지 일 다 터지고 뒷수습하는 식이라니. 좀처럼 화가 가라앉지 않았다.

내가 이런저런 생각으로 복작거리는 마음을 다잡고 있을 때 엄마가 말했다. 외할머니도 조금 전에 전화가 와서는 한 소리 두 소리 거들었다는 것이다. 귀한 내 딸이 그 고생하며 몸이 망가진다는데. 외할머니도 속상할 테지. 그 가슴이 타들어갈 것은 두 말할 것도 없었다.

그래서였을까. 엄마는 늘 자신이 아픈 것을 숨기기에 급급했다. 연로하신 외할머니가 걱정할까봐 그랬고 타지에 떨어져 있는 자식들이 엄마를 신경 쓰느라 혹시 일도 제대로 못할까 그랬다. 그리고 병원에 입원을 한 후나 어쩔 수 없는 상황에서야(들키는 상황들이 늘 생긴다) 꼭 뒤늦은 이야기를 전해온다. 자신이 아팠노라고. 엄마는 그렇게 아픈 것도 마음대로 내놓고 내색하지 못했다.

엄마는 내게 그간 어찌 지냈는지 근황을 물어왔다. 나는 기다렸단 듯이 조잘조잘 엄마에게 변화를 맞은 내 이야기를 전했고, 엄마는 그게 즐거운 듯 맞장구를 치며 들어주었다. 그러는 동안 엄마와 나 사이의 벽이 두 칸쯤은 허물어진 느낌이었다.

전화를 끊을 무렵, 나는 머뭇거리다 이렇게 내 마음을 전했다.

"엄마, 못된 딸이어서 미안해."

엄마의 허리는 매일 시들어가고 있었다.

엄마는 늘 자신이 아픈 것을 숨기기에 급급했다.

연로하신 외할머니가 걱정할까봐 그랬고

타지에 떨어져 있는 자식들이

엄마를 신경 쓰느라

혹시 일도 제대로 못할까 그랬다.

엄마를

사랑하지
않는 마음

　　　　나는 남자친구를 집에 소개하는 걸 좋아했다. 상대가 잘났든, 못났든 그것보다 내가 지금 어떤 사람을 만나고 있고 어떤 연애를 하고 있는지 엄마에게 곧잘 보여주곤 했다. 엄마는 그럴 때마다 나의 '상대'들을 '아들'이라고 칭하며 살갑게 대해주었다. 나는 이런 그림들이 연출되는 상황에 짜릿한 쾌감이 들어 좋아했던 것이다. 내가 사랑받고 있는 딸이라는 걸, 여느 모녀보다 사이가 좋다는 걸 드러내고 싶은 어떤 인정욕구가 내게는 있었다. 하지만 이건 어디까지나 연출해 보이고 싶은 나의 욕구일 뿐, 우리 모녀는 그다지 사이가 좋은 관계는 아니었다.

　　엄마는 종종 내게 '남자에 미친년'이라는 표현을 썼다. 엄마의 욕구에 충실한 딸이 아니었을 때, 엄마의 기대에 미치지 못한 딸이었을 때, 정확히는 내가 장녀로서 집안의 어떤 대소사를 책임져야 하는데 그걸 하지 않아 충돌이 일어 갈등이 클라이맥스에 다다랐을 때 그랬다. 벌어지는 문제와 아무런 상관 없이 나는 그저 '남자에 미친년'이 돼버렸다. 내가 남자에 미쳐 있느라 가족은 뒷전이라는 표현이었다. 나는 그럴 때마다 억울했다. 분했다.

　　그래서 어떤 날은, "그래! 나 남자에 미쳤어. 그래서? 과

년한 딸이 연애도 못하는 바보였으면 좋겠어, 엄마는?" 바락바락 분풀이를 해대기도 했고, "엄마, 내가 미안해. 진짜 미안해. 화 풀어 엄마. 응?" 어떤 날은 대역 죄인처럼 고개를 숙이기도 했고, "엄마가 그래서 속이 상했구나. 내가 엄마 마음 알아. 엄마 많이 아팠겠다" 하며 상처 받은 엄마의 마음을 읽어주려 부단히도 애를 썼다.

나는 엄마가 나의 마음을 알아주길 바랐다. 엄마도 외할머니한테는 딸이니까. 누구보다 내 마음을 잘 알 거라고 생각했다. 그러나 이건 어디까지나 나의 착각이란 걸 깨닫기까지는 오래 걸리지 않았다.

나는 온 힘을 다해, 사력을 다해 엄마에게 내 감정을 드러내며 나는 남자에 미치지 않았다고 외쳐댔지만 나의 이런 가상한 노력에도 엄마는 변함이 없었다.

가끔은 이런 생각도 했다. 엄마의 기억장치가 고장난 게 아닐까. 분명 그럴 것이라고. 엄마는 내가 잘했던 걸 하나도 기억하지 못했다. 딸과 트러블이 생길 때마다 엄마의 기억장치는 딸이 못했던 것만, 엄마에게 상처가 되었던 것만 끄집어내는 식이었으니까.

그해 6월, 여름으로 들어가는 초입의 어느 날. 장장 5년

여간의 연애를 끝낸 나는 상하고 지친 마음을 위로 받고자 시골집으로 가는 기차에 몸을 실었다. 이 꼴 저 꼴 다 보기도 싫고 서울에 우두커니 혼자 남겨져 있는 상황도 싫고. 이래저래 마음 달랠 길이 없어 그냥 무작정 상주로 가는 기차를 타버렸다. 집으로 가는 길은 평온하면서도 어쩐지 마주하기 싫은 상황을 대해야 할 것 같은 불안함도 함께 있었다.

기차에서 내려 역 밖으로 나오니 엄마가 차를 대기하고 있었다. 집으로 가는 30분 내내 우리 모녀는 특별한 말이 없었다. 엄마는 그저 담배를 두어 대 빼어 물고는 피웠을 뿐이다. 그 담배가 그날따라 왜 그리도 싫은지, 신경질 섞인 말을 뱉었다.

"엄마, 담배 좀 그만 피우면 안 돼? 토할 거 같아, 진짜."

운전하던 엄마가 슬쩍 내 쪽을 흘겨보더니,

"너는 어째 남자 보는 눈이 그렇게도 없냐. 어휴, 멀쩡하게 낳아놓으면 뭘 해. 헛똑똑이 짓은 다 하고 다니……."

"아, 지긋지긋해 진짜. 그만 좀 해. 그만 좀! 엄마는 지금 이 꼴로 온 딸을 보면서도 그런 말이 하고 싶어?!"

"야, 너 왜 자꾸 나한테 담배 끊으라고 그러는데? 내가 네 엄마라서? 엄마면 그래야 하냐? 너, 나 부려먹지 마. 너만 귀한 딸인 줄 아는가 본데, 나도 딸이거든?"

두서없는 엄마와의 대화 속에서 나는 세계 뒤통수를 한 대 갈겨 맞은 것 같은 당황스러움과 가슴을 훅 후벼 파는 것 같은 먹먹함이 동시에 밀려들었다. 엄마가 딸인 내 마음을 모른다고 생각했다. 아니 절대 알고 싶어 하지도 않고 관심도 없다고만 생각했다. 그런데 앞서 생각했던 나의 '이런 생각'이 문제였고, 착각이었다.

내가 사력을 다해 엄마에게 내 마음을 전하고자 한 것처럼, 엄마도 온 힘을 다해 내게 마음을 전해오고 있었던 것이다. 모든 문제가 엄마에게 있었다고만 생각했다. 하지만 결국 문제는 나였다. 엄마를 사랑하지 않는 내 마음.

엄마와 난 그저 다른 인격체일 뿐이었다. 그 다른 인격체를 존중하고 인정해야 하는 걸 몰랐던 거다. 엄마와 딸, 이 관계의 틀을 만들어놓고 그 안에 엄마를 내 식대로 우겨넣으려고만 했다. 나는 엄마를 하나의 사람, 여자, 그리고 나와는 다른 어떤 인격체로 단 한 번도 생각해보지 않았다. 엄마에게 나는 그렇게 존중받고 대우받길 바랐으면서 말이다. 그러면서 끊임없이 다른 엄마들과 나의 엄마를 비교했다. 사실 엄마가 담배를 끊길 바라는 마음도 엄마의 건강 문제라기보다 그저 담배 피는 엄마가 창피했을 뿐이었고, 엄마의 솔직하고 직설적인 성격을 있는 그대로 받아들이기보다 누군가에게는 혹시 모를 막말로 비춰질까봐 숨기기 바빴다. 나는 엄마를 사랑하지 않았다. 그것도 온 힘을 다해. 진심으로. 문득 엄마의 짙은 외로움이 배꼽 밑 단전까지 전해져왔다. 나는 그 짧은 대화에서 비로소 내 마음이 제대로 보였다.

엄마가 내게 말했던 '남자에 미친년'은 어쩌면 엄마가 내게 전하는 속상함과 딸에 대한 사랑은 아니었을까. 어디다 내놓아도, 멀쩡하게 낳아놓은 내 딸이 뭔가 밑지게 행동하는 것만 같고, 만나는 상대에게 더 사랑받았으면 좋겠는데. 그 상대가 내 딸을 더 사랑했으면 좋겠는데. 저 딸이란 건 엄마 마음 따위는 알아주지도 않고 그걸 상처라고 바락바락 온 힘을 다해 거부했으니 말이다.

나는 엄마를 사랑하지 않았다. 그래서 노력 중이다. 나의 엄마를 온 마음으로, 내 인생 가운데로 받아들이는 노력을.

나는

엄마가
어색하다

벌써 두 달이나 지났다. 엄마와 연락을 안 한 지. 올 설을 기점으로 한 번도 안 했으니 그런 셈이다. 마음 한쪽이 어쩐지 헛헛하기도 하고, 점점 더 나쁜 딸이 되어 가는 것만 같아 불편하기도 하고, 갱년기는 괜찮은지, 한참 농번기인데 허리 수술한 건 재발하지 않았는지 걱정도 되고. 엄마를 떠올리면 마음이 여간 복잡한 게 아니다.

회복해야 한다는 거, 안다. 전화 한 통이면 모든 일이 그저 지나간 일처럼 아무것도 아니게 될 거란 것도 안다. 그런데 어쩐 일일까. 선뜻 엄마의 번호가 눌러지지 않는다. 오늘도 핸드폰 속 엄마의 전화번호를 들여다보며 망설이고 있다.

나는 엄마와 연락을 안 하는 내내 생각을 해보았다. 나는 왜 엄마한테 연락하는 걸 이렇게도 못하고 있는 걸까.

몇 날 며칠을, 내 마음을 들여다보았다. 나에겐 엄마에 대한 상처가 있었다. 그리고 그 상처는 생각보다 그 깊이가 꽤 깊숙하다는 걸 발견했다.

나보다는 늘 동생이 먼저였던 엄마. 늘 동생에 대한 마음이 더 애틋했던 엄마. 내가 이렇게 생각하고 있는 건 어쩌면 엄마의 입버릇과도 같은 말 때문이 아니었을까.

"너는 그래도 그때(엄마랑 떨어졌을 때) 네 동생보다는 컸 잖아. 네 동생은 엄마와 떨어질 때 다섯 살이었어. 엄마가 100원짜리 한 장 못 주고 나왔어. 엄마가 못 해줬어도, 그래 도 너는 외할머니 사랑 많이 받았잖아."

그래도. 이게 엄마의 명분이 되었다. 내가 동생보다 단 세 살이 많았다는 이유가 '그래도'였고, 엄마가 보고 느끼기 엔 내가 동생보다 외할머니의 사랑을 더 받았다는 게 '그래 도'였다. 그런데 내겐 엄마의 그래도가, 그래도는 아니었다. 내겐 그것이 어떤 명분도 이유도 될 수 없었다.

나도 엄마의 사랑이 늘 그리웠다. 늘 동생보다 뒷전처럼 여겨지는 게 외로웠다. 엄마가 조금 더 나를 바라봤으면 좋 겠는데. 나도 엄마랑 조금 더 친해지고 싶은데.

그저 여느 평범한 모녀들처럼 대화를 나누고 여행을 다 니고 아무것도 아닌 일에도 서로 웃을 수 있는. 나도 엄마랑 그러고 싶은데. 그러나 이런 평범한 일들이 내겐 허락되지 않았다. 이상하게도 자꾸만 엄마와 부대끼고 다투고 결국 나는 엄마에게, 엄마는 나에게 상처를 주고 만다. 이런 상황 들이 되풀이될 때마다 나는 내 마음의 문을 하나씩 닫아걸 었다.

'어차피 엄마한테 얘기해봤자 또 나만 손해지. 나만 아플 텐데⋯⋯. 어차피 내 마음 같은 건 또 그냥 흘려지고 말 걸 뭐.'

그렇게 시간이 흐르다 보니 어느새 엄마와의 관계의 벽이 걷잡을 수 없이 커져버렸다. 허물고 싶었을 땐 이미 거대한 성벽처럼 보였을 때였다.

어쩌지⋯⋯ 이 벽을⋯⋯ 성벽을⋯⋯.

사실 엄마에 대한 글을 풀어낸다는 건 어쩌면 나에겐 굉장한 용기와 대단한 결단 같은 게 필요한 일이었다. 엄마에 대한 이 글들을 쓰며 나는 엄마를 부단히 이해하려 노력 중이고 그런 엄마를, 그럴 수밖에 없었던 엄마를, 사랑하기 위해 부단히 노력 중이다. 그렇다고 엄마가 무척이나 원망스럽고 무척이나 못마땅하며 무척이나 사랑하지 않는 게 아니다. 사랑하지만 온전히 내 인생 가운데로 받아들이지 못했을 뿐. 그래서 나와 엄마 모두가 안타까울 뿐. 단지 좀 어색하고 조금은 쓰리고 따끔거리는 마음인 것일 뿐.

언제부턴가 이런 딸이 어색한지 엄마도 달라지기 시작했다. 마음을 닫아버려 차가운 딸을 어찌 엄마가 모를까. 그 냉기가 고스란히 느껴졌을 텐데. 그래서 엄마도 엄마 나름으로 내 눈치도 보고 말 한마디를 할 때면 조심하는 걸 안다.

어쩌면 우리 모녀에겐 서로를 받아들이고 상대를 딸이라서, 엄마라서, 으레 그렇게 묶인 사랑이 아닌, 상대를 있는 그대로 사랑하기 위해 지금의 시간이 필요한 건 아닐까.

우리 모녀는 그렇게 서로를 받아들이는 중이다.

끌어안는 중이다. 딸을, 그리고 엄마를 있는

그대로 사랑하려고

부단히도 노력하고 애를 쓰는 중이다.

우리 모녀는 지금, 친해지는 중이다.

그 엄마의
속사정

어느 날 아침, 출근해서 선생님(나의 선생님은 출판사 대표님이다)과 간단히 아침식사를 할 때였다.

"맞다, 해주야 너희 어머님한테 연락 왔었어."

우리 엄마가? 선생님한테? 조금 의아했다. 엄마는 내가 초등학교 1학년 때 이후로 학교에도 한 번 찾아온 일이 없었기에 더 놀랄 수밖에 없었다.

그런데 무슨 일이었을까. 그런 내 마음을 읽은 선생님께서 빙긋이 웃으면서 이야기하셨다.

"이것아, 너 엄마한테 잘해드려. 온통 딸내미 걱정밖에 없으시더라."

잡아 놓은 결혼 날짜가 무색하게 파혼을 한 후였다. 부모님한테 죄송하기도 하고, 내 신세가 한탄스럽기도 하고, 이번에야말로 정말 잘하고 싶었는데 또 망쳐버렸다는 생각에. 엄마 목소리라도 들으면 눈치 없는 눈물이 폭풍처럼 휘몰아칠까봐. 차마 엄마한테 전화도 못하고 있을 때였다. 그런데 엄마가 선생님께 연락을 했다는 거였다.

이럴 때 더 앙다문 속을 내비치지 않는 딸의 전화번호를 엄마는 수없이 눌렀다 말았다 했을 터였다.

결혼 준비가 위태위태하면서도 집에 알리지 않았다.

어떻게든 엄마, 아빠, 외할머니를 실망시키고 싶지 않았기에. 혼자 구르고 뒹굴면서 속을 꼭꼭 숨기고 숨겨서 삼키고 또 삼키고.

눈치 빠른 엄마가 무언가 낌새를 알아차리고 혹시 무슨일 없느냐고 물어도 그저 웃으며 아무 일도 없다고만 했다. 속이 썩어 문드러져 가루가 되는 한이 있더라도 절대 말하지 않으리라. 힘들 때마다 우는 것도 버릇이 될까, 그래서 나도 모르게 엄마 앞에서 울어버리게 될까봐 입술을 더 앙다물고 말하지 않았다. 조금이라도 그 속이 미어져 나와 걷잡을 수 없을까봐 숨겨온 마음이었다. 그런데 이 마음도 무색하기 짝이 없게 엄마한테 '앙다물었던' 마음을 꺼내놓을 수밖에 없었다. 결혼 기대하지 말란 이야기, 안 될 거 같단 이야기, 미안하다는 이야기.

구체적으로 뭐가 문제인지 일언반구 설명도 없이 통보를 해온 딸에게 엄마는 어쩌면 일말의 배신감을 느꼈을 터였다.

"야! 결혼이 무슨 장난이냐? 한댔다가, 만댔다가! 이유가 뭐야? 대체 너 그러는 이유가 뭐냐고!! 너 얘기 안 해? 내가 그놈한테 기어이 전화를 해야겠어?!"

"엄마 미안한데, 내가 내려가서 설명할게. 미안해."

길길이 날뛰는 엄마에게 내가 할 수 있는 최선의 말이었다. 죽고 싶었다. 차라리 이대로 죽어버리고만 싶었다. 절로 이가 악다물어졌다. 너무 기가 막힌 상황에 처하면 눈물도 안 난다더니. 정말 그랬다. 나는 뭐가 그렇게 문제여서 이 지경까지 되는 줄도 모르고 그저 입술만 앙다물고 있었을까.

내 파혼 소식은 삽시간에 집 식구들에게 알려졌다. 외할머니에게서 전화가 왔다. 일부러 덤덤하게 전화를 받았다. 그런데 할머니가 울기 시작했다. 혼자서 밥은 먹는지, 네가 거기 혼자서 맘 찢으며 타들어가는 속 부여잡고 있을 거 생각하면 할미가 속이 아파서 죽겠다고. 차마 같이 울 수는 없었다. 늙은 할머니 가슴 아프게 한 게 뭐 그리 잘한 짓이라고. 넘어가지도 않는 울음을 꾸역꾸역 삼키며 나는 괜찮다고 할머니를 달랬다. 그러는 동안 내 손끝은 바들바들 떨려왔다.

마음을 추스른 할머니는 엊그제 엄마가 다녀갔다고 했다. 엄마. 엄마. 그 후로 통화 한 번 안 했다. 내려가서 설명한다는 걸로 일축한 후였다.

가라앉았던 할머니의 목소리가 다시 촉촉하게 젖어왔다.

"네 애미 울면서 내려갔어, 이것아. 내 딸은 왜 이렇게 힘들어야 하는 거냐면서. 내 딸은 왜 이리 힘들기만 하는 거냐면서."

딸한테는 차마 하지 못했던 말. 얼마나 아프고 쓰릴까 싶어, 보기만 해도 피를 철철 흘리는 딸을 보면서도 어쩌지 못하는 마음. 그런 딸이 너무나 아파서 차마 만지지도 못하고 끌어안지도 못해서 쩔쩔매는 엄마의 마음.

나는 엄마한테 전화를 걸었다. 엄마는 평소와 다름없이 전화를 받았다. 나는 그동안 묵혀두었던 눈물을 쏟아냈다. 엄마가, 나의 엄마가 서럽게 우는 딸과 전화기 밖에서 함께 울고 있었다.

엄마는 항상 뒤에서 울고 있었다. 아픈 딸을 내내 그렇게 가슴 치며 바라보고만 있었다. 그것 말곤 해줄 수 있는 게 없어서 매일 하염없이 가슴을 움켜쥐고 울었다고 했다. 그러고는 딸과 통화할 때면 짐짓 괜찮은 척, 딸이 더 괴로울까봐, 눈치 볼까 싶어 더 억세게 굴었다.

딸은 모른다. 이런 엄마의 마음을. 뒤늦게 조금 전해들은 말로 작게 짐작만 할 뿐, 딸인 내가 모르는 엄마만의 속사정은 그런 것이었다.

그날 우리 모녀는 한참을 같이 울었더랬다. 그리고 한참 끝에야 엄마는 말했다.

"내 딸! 너 괜찮아. 어깨 펴고 가슴 내밀고! 엄마가 장담하는데 너 더 좋은 사람 만날 거야. 너 그렇게 축복 받을 거야! 힘내, 내 딸!!"

엄마는 어쩌면 이 말을 딸에게 제일 먼저 해주고 싶었을 거였다. 그리고 이 말이 심장이 찢긴 딸에게 별다른 위로가 되지 않을 거란 것도 알았을 것이다. 엄마는 기다리고 기다렸다. 딸이 스스로 엄마를 찾을 때까지. 그렇게 엄마 품에서 아픈 눈물을 다 쏟을 때까지. 엄마는 하루가 천년 같은 시간을 그 자리에서 그렇게 기다렸을 거였다.

엄마를 실망시켰을 거라는 착각. 엄마에게 지지리도 못난 딸일 거라는 착각. 엄마가 날 사랑하지 않을 거라는 착각.

딸은 모른다. 엄마의 사랑을, 엄마의 마음을.

그동안 내 딸 혼자서 동동 발만 굴렀을 시간을 아무것도 모르고 있었단 사실이, 그러는 동안에도 내 딸의 마음 한 줄기 달래주지 못했단 사실이, 엄마에게 또 다른 죄책감이 되었을 것이었다.

딸은 모른다. 엄마가 느낄 그 앙상한 뼛조각 같은 죄책감들을. 그리고 나는 모른다. 나를 향한 엄마의 그 끝없는 사랑을.

오늘은 드라마 〈로맨스는 별책부록〉의 어느 한 대사에서처럼 엄마에게 이렇게 이야기해주고 싶다.

"달이 참 아름답네요."

(나는 당신을 사랑합니다)

딸한테는 차마 하지 못했던 말.

얼마나 아프고 쓰릴까 싶어,

보기만 해도 피를 철철 흘리는 딸을 보면서도

어쩌지 못하는 마음.

그런 딸이 너무나 아파서

차마 만지지도 못하고 끌어안지도 못해서

쩔쩔매는 엄마의 마음.

엄마는 항상 뒤에서 울고 있었다.

우리

모녀의
위로법

언젠가 남동생과 대판 싸우고 난 다음 날이었다. 꿀꿀한 기분으로 출근 준비를 하고 있는데 아침 댓바람부터 엄마에게 전화가 왔다. 혹시 뭘 알고 전화한 건가, 싶어 순간 전화 받기가 망설여졌다. 울리는 핸드폰을 고요히 내려다보다가 끊어지기 직전쯤 전화를 받았다.

출근 준비를 하는지, 아침은 먹었는지 묻는 엄마의 목소리를 들어보니 뭔가를 알고 전화한 건 아닌 듯했다. 나도 부러 아무렇지 않게, 평소와 다르지 않게 엄마와 조잘조잘 수다를 이어갔다. 그러다 엄마의 한마디에 분노조절장치가 풀려버렸다.

"딸, 할머니가 좀 안 좋으신 거 같은데……. 너 바쁜 거 아는데 엄마가 너한테 부탁하게 되네."

평소 같으면 정말 아무렇지도 않은 이 말이 그날은 기폭제가 돼버렸다.

"맨날 나한테만! 엄마 나 결혼하면 어쩌려고 그래? 그때도 나한테 이럴 거야? 큰아들(남동생)은 뭐하고? 걔한테 좀 하라 그래!"

이날 나는 엄마한테 분풀이를 다 해댄 듯싶다. 엄마가 그렇게 사랑하는 아들이나 신경 쓰라면서. 늘 나는 내가 알아서 하는 딸이었고, 힘들거나 아픈 내색 할 줄 모르는 딸이었고, 그게 어느새 아주 지극히도 당연하게 돼있다고. 마치 처음부터 그런 사람인 것처럼. 나는 그런 사람이냐며, 이젠 지긋지긋하다며 한참을 쏟아내고 또 쏟아내고. 딸의 히스테릭한 분풀이를 한참 듣던 엄마는 이렇게 말했다.

"요새 많이 힘들어? 딸?"

무언가 분하고도 억울하고도 속상한 감정들이 마구 뒤섞여 울컥. 설움 같기도 한 것이 속에서 훅- 올라왔다. 엄마의 말에 나는 속절없이 눈물이 터지기 시작해,

"몰라, 끊어."

달깍- 전화를 끊어버렸다. 우는 걸 들키는 것도 싫고. 괜스레 엄마에게 분풀이를 한 게 너무나도 미안하기도 하고. 내 자신이 그렇게 못나 보일 수가 없고. 나야 속에 있는 거 없는 거 다 터뜨렸다지만 이유도 모르고 속절없이 당하고만 있어야 하는 엄마를 생각하니 내가 왜 그랬을까 싶고. 속이 그저 답답하기만 했다.

그렇게 몇 시간쯤 흘렀을까. 나는 엄마에게 다시 전화를 걸었다. 엄마는 아무 일도 없었다는 듯,

"어~ 딸, 왜."

세상에. 이렇게 전화 받는 엄마의 목소리를 들으니 마음이 더 움츠러들었다. 그렇게 저렇게 머뭇대다가 무슨 말이라도 해야겠다 싶어 입을 열었는데 이런. 말도 안 되는 소리가 불쑥 튀어나와 버렸다.

"밥 먹었어?"

엄마는 별스럽다는 듯,

"점심을 묻는 거야~, 저녁을 말하는 거야?"

시간을 보니 오후 4시였다. 내 멋쩍음을 알아차린 엄마는 다시 말을 이었다.

"점심은 아~까 먹었고. 저녁은 멀었고. 왜, 엄마한테 그렇게 퍼붓고 나니까 미안하든?"

참. 사람 정곡을 팍팍, 아프게 찌르기도 하지.

"미안해, 엄마."

마침내 꼭 해야 할 소리를 툭 하고 뱉어놓는다. 그런데 엄마는 그게 또 그렇게나 대단히 듣고 싶었던 말은 아니라는 듯 무심하게 이야기한다.

"하루 이틀이냐 네가. 엄마 바빠. 얼른 밥이나 먹어~."

밥이나 얼른 먹으라는 엄마의 말에 웃음이 터지려는 걸 꾸욱 눌러 삼켰다. 조금 전까지 점심을 묻는 거냐, 저녁을 말하는 거냐, 따져 묻던 엄마가 내게 밥이나 먹으라며 역으로 말을 던져놓는 상황이라니.

엄마와 전화를 끊고 나니 바위 두 덩이쯤 짓누르는 것 같은 가슴이며 깨질 것 같던 두통도 거짓말처럼 싹 가셨다. 그리곤 풋, 하고 웃음이 터져버렸다. 결국 내가 화가 났던 본질 같은 건 어디로 사라졌는지, 증발해버렸는지 그것도 아니면 애초부터 그런 일이 있었는지도 모르게 느껴졌다.

굳이 상대가 말하지 않아도 통하는 사이. 참 지랄 맞게도 서로가 서로에게 속에 있는 것을 퍼부을 때 묵묵히 들어줄 수 있는 사이. 세상에서 가장 이해가 가지만 또 한편으로 이 세상 가장 이해가 안 되는 사이. 그래서 어느 때엔 더 애달파져 무던하고도 무심함으로 만들어낸 위로가 더 짠하고 진하게 느껴지는 그런 사이.

엄마랑 나에게만 있는 그런 위로법. 그리고 그게 가장 잘 통하는 우린, 엄마와 딸로 만난 모녀 사이다.

굳이 상대가 말하지 않아도 통하는 사이.

참 지랄 맞게도 서로가 서로에게

속에 것을 퍼부을 때 묵묵히 들어줄 수 있는 사

이.

세상에서 가장 이해가 가지만

또 한편으로 이 세상 가장 이해가 안 되는 사이.

그래서 어느 때엔 더 애달파져

무던하고도 무심함으로 만들어낸 위로가

더 짠하고 진하게 느껴지는 그런 사이.

엄마와 딸로 만난 모녀 사이다.

서울에서 태어난

서울 여자의
생존법

　　　　　한창 드라마 공부를 할 무렵, 시놉시스 작업으로 인해 한 달 정도 시골집에 머무를 때였다. 도저히 도심에서의 갖가지 유혹을 이길 자신이 없어 당장 짐을 싸들고 칩거에 들어가기로 했다. 친구도, 이래저래 신경 써야 할 일들의 유혹으로부터 벗어나 글을 잘 쓸 수 있을 것만 같았다. 그런데 이건 웬일인지 보름이 지나서부터는 도통 집중을 하기가 어려워졌다. 오히려 이 시골이 왜 이리 답답한지. 꼭 쇠창살 없는 감옥에 갇혀 글을 쓰는 느낌이었다. 이런저런 복닥거리는 마음을 다잡으며 노트북 앞에 앉았지만 멍하기만 할 뿐, 단 한 글자도 쓸 수가 없었다. 내 상태를 본 엄마가 이런 마음을 눈치챘는지,

　　"여기 오래 있으니까 답답하지? 올라가~."

　　엄마의 말에 뭔가 마음이 뻥 뚫리는 듯해서 뒤로 벌러덩 대자로 누우며 말했다.

　　"그러게. 난 진짜 여기 보름 이상은 못 있겠다, 엄마. 아무것도 없는데 여기서 어떻게 사냐, 진짜."

　　엄마는 이런 내 말이 와닿았는지,

　　"그러게. 나도 못 살 줄 알았는데. 벌써 20년이 넘었다. 이런 생활한 지가."

우리 엄마의 고향은 서울 송파다. 서울에서 태어난 서울 여자로, 서울을 떠나 살아본 적이 별로 없는 사람이다. 엄마는 서울을 참 사랑한다. 나고 자란 곳이기도 하지만 무엇보다 엄마가 좋아하는 것이 서울에 다 집결돼있기 때문이다. 친구도, 자식도, 엄마의 엄마도, 또 그중에서도 가장 사랑하는 네온사인도.

엄마는 밤에 상가마다 오색빛깔 찬란하게 반짝이는 네온사인 불빛을 보고 있으면 그냥 기분이 좋아진다고 했다. 밤하늘을 빼곡하게 수놓은 무수한 별들보다도 더 밝게 빛을 내는 네온사인이, 이 어둔 밤을 밤 같지 않게 훤히 밝혀서 좋다고 했다. 그런데 이런 엄마에게 청천벽력 같은 일이 벌어졌다. 서울을 떠나 그것도 서울과는 끝과 끝을 달리는 경상남도 하동으로(이후 상주로 이사했다) 이사를 가게 된 것이다. 엄마는 그날부터 매일 걱정이 하나, 근심이 하나, 한숨이 하나. 이렇게 늘기 시작하더니 매일 밤 어린아이처럼 울기 시작했다. 정말 그 시골 따위에 내려가기 싫다고.

엄마의 시골행은 사실 엄마의 의도보다는 아빠의 결정에 따른 게 90%였다. 아빠의 꿈은 시골에 집을 짓고 흙을 밟으며 노후를 보내는 것이었는데 그즈음 고깃집을 운영하는 엄마의 몸이 한 군데, 두 군데 고장 나기 시작했던 것이다. 어차피 몇 년 더 있다가 갈 계획이었지만 엄마 몸도 회복할 겸, 그 시기가 조금 일찍 찾아온 거라고 생각하며 아빠는 귀농 준비를 하기 시작했다. 조금은 설렌 기분으로. 조금은 기쁜 마음으로. 그런데 이렇게 시골행 준비를 하는 아빠와는 달리 엄마는 점점 침울해져갔다. 몸 아픈 거야 그저 병원 가서 치료 받으면 그만인 일이었고 식당 운영이 힘든 건 아쉽기야 하겠지만 잠시 쉬면 또 그만인 일이었다. 그러나 엄마의 고민은 날로 깊어져갔다. 그간 고생한 남편을 외면하기 힘든 노릇이었기에. 엄마와 반대로 아빠 도시 생활이 지긋지긋해 염증까지 느껴진다고 했으니 말이다. 한 번도 시골살이를 해본 적 없는 엄마에게 인생 최대 결정의 순간이 찾아왔다. 그리고 엄마는 결심했다. '그래, 거기도 다 사람 사는 곳인데 설마 죽기야 하겠어?' 엄마는 자신이 지독히도 싫어하는 그 시골로, 남편의 꿈을 좇아 따라나서기로 했다.

그렇게 몇 달 후. 엄마와 아빠 도시에서의 모든 생활을 접고 연고도 없는 경상남도의 땅끝으로 이사를 했다. 두려움 반, 걱정 반으로 시골로 간 엄마는 생각보다 그곳이 꽤 괜찮다고 말했다. 공기도 좋고 아침이면 새들이 지저귀는 소리도 들리고. 그런데 문제는 한 달이 지나서 터지고야 말았다.

서울에서 태어난 서울 여자가 한 번도 해보지 않은 흙을 다루고 밤이면 칠흑 같은 어둠 속에 갇혀 꼼짝할 수가 없고, 친구 하나 없는 생판 낯선 땅에서 살아야 한다는 것. 그리고 앞으로도 이 생활을 계속 이어가야 한다는 것. 이 모든 것들이 엄마에겐 엄청난 용기가 필요한 일로 다가와 묵직하게 마음을 짓누르기 시작했다. 그리고 엄마는 곧 도심의 불빛들이 그리워졌다.

엄마가 시골로 내려가고 석 달쯤이 지나서였다.

"딸…… 엄마 좀 서울로 데리고 가주라……."

수화기 밖 엄마의 목소리는 무거웠고 잔뜩 가라앉아 있었고 무언가 에너지가 다 빠져 축 늘어져 있었다.

"무슨 일 있어?"

엄마는 코를 몇 번인가 훌쩍이더니,

"네온사인…… 보고 싶어."

엄마가 말했다. 네온사인이 그립다고.

엄마와 전화 후, 나는 아빠에게 전활 걸어 엄마의 상태를 확인했다. 아빠는 엄마에게 우울증이 찾아온 것 같다고 전해왔다. 그리고 엄마가 안정을 찾을 때까지 얼마간 서울에서 함께 지내줄 것도 부탁을 해왔다. 딸에게 아내를 부탁하는 아빠는 어떤 마음이었을까. 순간 가슴 한쪽에 짜릿-하고 금이 가는 것 같은 통증이 느껴졌다.

다음 날. 나는 아빠와 엄마가 있는 땅끝 시골집으로 향했다. 도착해서 보니 구불구불 굽이굽이 산속으로 산속으로. 도대체 이 길이 맞는 건지 집은 언제 나오고 사람이 사는 동네가 맞는 건지도 모르겠다며 허둥댈 즈음. 저 꼭대기에 엄마와 아빠의 집이 보였다. 마당 안에 주차를 하고 차에서 내렸을 때였다. 엄마가 버선발로 뛰쳐나와 나를 꼬옥 끌어안으며 반겨주었다. 세상에. 정말 우리 엄마가 맞나. 버선발로 나와 이토록 딸을 반기는 엄마였던가. 엄마 얼굴을 보니 하얗던 피부는 그 사이 조금 구릿빛으로 물들어 있었고 그간 향수병에 얼마나 시달렸는지 두 볼이 움푹 패여 있었다. 그런 엄마를 보고 있자니 눈물 한 줌이 왈칵하고 올라왔다.

"엄마. 왜 이렇게 말랐어~. 밥은 먹는 거야?"

엄마는 내 눈물을 닦아주며,

"마르긴. 네가 더 말랐다~. 오느라 힘들었지. 서울서 멀기는 왜 이리 먼 데를 와가지고……. 서울 생각하는데 있잖

아. 그때가 언젠지 까마득하기도 하고. 천 리, 만 리는 되는 거 같더라."

서울에서 이곳까지는 차로 다섯 시간. 엄마는 이 거리가 천리만리인 것 같다고, 그렇게 말했다. 물리적인 거리보다는 마음적인 거리가 더 멀었으리라. 그 순간 어쩐지 엄마가 작은 소녀처럼 느껴진 건 왜였을까.

뒤에서 묵묵히 모녀의 모습을 바라다보고 있던 아빠가 조용히 차 트렁크에 엄마의 짐을 싣기 시작했다.

엄마는 아빠만 두고 가는 것이 또 못내 발걸음이 안 떨어지는지 내내 차에 오르지 못했다. 그렇게 떨어지지 않는 발걸음을 옮겨 엄마와 난 서울로 올라왔다. 시골길을 벗어나기 전까진 아빠 홀로 남겨진 그곳을 돌아보고 또 보고 하더니. 고속도로에 진입하고부터 엄마는 점점 안정되어가는 듯했다.

그날 밤. 3개월 만에 마주한 네온사인 앞에 엄마의 얼굴이 환하게 피어올랐다. 엄마가 말했다. 이게 그렇게나 안 잊힐 수가 있겠느냐고. 어쩌면 첫사랑보다도 더 진하고 애잔할 수가 있겠느냐고 말이다. 아이처럼 들떠 이런 말을 하는 엄말 보며 나는 그만 웃음이 터져버렸다.

엄마는 그렇게 네온사인을 보며, 또 잠시 시골은 잊고 서울 여자로 돌아왔다. 그리고 6개월이 지났을 때쯤 엄마가 말했다. 이제 그만 자신의 자리로 돌아가야 할 것만 같다고. 이젠 정말 괜찮을 것만 같다고 말이다. 아무 준비도 없이 그저 남편의 꿈에 동의하는 것으로 향했던 그때와는 사뭇 다른 느낌이었다. 엄마는 이제 스스로 그곳을 선택한 것처럼 보였다. 서울에서 반년은 어쩌면 엄마가 조금은 더 건강하고 조금은 더 씩씩한 시골 여자로 살 준비를 하는 기간은 아니었을까.

20여 년이 훌쩍 지난 지금, 이제 억척 시골 아줌마가 되어 버린 엄마는 말한다. 양손을 치켜서 흔들흔들 하며,

"반짝반짝, 나는 아직도 네온사인이 좋아."

엄마도 가끔

외식이
하고 싶다

주변에 결혼한 선배나 친구, 후배들에게 종
종 듣는 소리가 있다.

"세상에서 남이 해주는 밥이 제일 맛있어."

그런데 우리 엄마는 좀 다르다. 음식 하는 걸 좋아하기도
하거니와 당신 손으로 지은 밥이 누군가의 입으로 들어갈
때 제일 행복해한다. 먹는 기쁨보다는 먹이는 기쁨이라나.
여하튼 음식 만드는 걸 즐거워하는 우리 엄마는 음식 솜씨
가 좋다. 사실 그냥 좋은 게 아니라 엄청 좋다. 입맛이 좀 까
다롭다는 인물도 우리 집에 오면 밥 두 공기씩은 그냥 먹어
치우니까. 그러다 보니 엄마는 매 끼니마다 만든 자신의 음
식이 식탁에 올라온 걸 보며, 누군갈 먹일 생각에 벌써부터
설레는 듯 배시시 웃기도 한다.

이런 엄마의 음식은 뭇사람들에게도 기쁨을 주지만, 특
히 아빠에게 큰 기쁨이 된다. 오죽하면 외식을 아예 안 할
정도니까. 그도 그럴 것이 웬만한 식당의 음식보다 엄마가
만든 음식이 더 맛있으니 말이다. 물론 이 글을 읽는 독자들
중엔 이런 생각을 하는 사람들도 있겠다. 자기 엄마의 음식
이 맛없다는 사람 못 봤다고. 그런데 우리 엄마의 음식 솜씨
가 뛰어난 건 사실이다. 우리 엄마는 과거에 고깃집을 했던

경력을 가지고 있다. 식당이라고 해서 모든 곳의 음식이 맛있는 건 아니지만, 엄마의 음식을 먹기 위해 멀리서부터 찾아오는 손님들도 꽤 많이 있었다. 이런 이유로 엄마는 아빠를 위해 밥 짓는 시간을 행복해한다.

그러나 이런 우리 엄마에게도 밥 짓는 게 죽기보다 싫다고 말할 정도로 괴로운 때가 있다. 매해 6월부터 10월, 이 넉 달의 시간이 그렇다.

복숭아며 포도가 영글대로 영글어 탐스러워지는 계절이면 엄마는 정말 눈코 뜰 새가 없을 정도로, 아니 누가 코를 베어가도 모를 정도로 정신없이 바쁘다. 새벽 서너 시부터 늦은 밤 10시가 되도록 복숭아를 따고 선별을 하고 그에 맞게 박스에 포장을 하고 작목반에 보낼 것과 따로 주문 받은 내용을 분리해 택배를 부치고. 그러다 보니 끼니 시간을 훌쩍 넘기기 십상이다. 더는 일할 기력이 없어 허기진 배라도 채우기 위해 엄마가 아빠와 마주한 밥상은 컵라면과 김치, 그리고 찬밥 한 그릇이 전부다. 매일 이런 일상이다 보니 제대로 된 끼니를 챙기는 건 정말 어려운 일이다.

한참 과실을 수확하는 여름의 어느 날. 엄마가 아주 짜증이 가득 섞인 소리로 전화를 걸어왔다.

"도대체가 어?! 느네 아빠 왜 그런다니?"

앞뒤 옆도 없이 대뜸 해대는 소리에,

"아빠가 왜~. 가뜩이나 날도 덥고 이래저래 기운 빠지는데 왜 그리 화를 뿜어대."

"너 말 잘했어. 그래, 날도 덥고 기운도 빠지고! 어? 뭘 좀 기력이 될 만한 걸 넣어주면서 부려먹어야지. 하다못해 기계도 잘 안 돌아가면 새로 기름칠을 하는데! 내가 기계만도 못하냐? 어?!"

사건의 전말은 이랬다. 과수원 일도 힘들고 오늘 같은 날은 며칠째 먹은 컵라면도 지긋지긋하고. 이래저래 아빠랑 오랜만에 데이트도 할 겸, 고된 농사일로 지친 몸에 보신도 좀 할 겸. 이럴 겸 저럴 겸. 여하튼 겸사겸사 오늘 갈비나 좀 뜯자고 했더니 아빠가 단박에 거절을 했다는 것이었다. 컵라면을 먹어도 마누라가 끓여준, 집에서 먹는 밥이 최고지 무슨 갈비냐면서. 그리고 이다음에 일어난 일은 안 봐도 눈앞에 훤히 그려졌다.

"당신은 나 부려먹는 게 그렇게도 좋아? 못 부려먹어서 안달이 났어?! 컵라면이 그렇~게 좋으면 당신이나 많이 먹어! 지금 이 시간부로 나한테 밥하라고만 해봐!!"

엄마는 폭발해버리고 말았다.

아빠는 이 폭발음에 아차! 싶어 냉큼 옷을 차려 입고 갈비를 먹으러 가자며 엄마를 달랬지만 엄마의 마음은 이미 상할 대로 상한 후였다.

얘기를 다 듣고 난 후. 엄마가 내게 말했다. 치킨이나 좀 시켜보라고. 하루 종일 굶은 데다가 열까지 올리고 났더니 배가 고파 죽겠다고 말이다. 그날 나는 치킨 두 마리를 시골 집으로 배달시켰다.

그리고 1시간 후. 엄마에게서 다시 전화가 왔다. 치킨 두 마리를 놓고 아빠랑 사이좋게 나눠먹고 있다면서. 그냥 이런 게 필요한 날인데 몰라도 너무 모르는 아빠 때문에 잠시 화가 치밀었던 거라면서. 여자들은 정말 작은 거에 감동을 하고 작은 거에 기뻐하고 행복해하는데 도대체 남자들은 왜 이런 걸 모르는 거냐면서. 꼭 말로 다 해줘야 아는 거냐면서. (옆에서 "딸~ 고맙다"라고 말하는 아빠의 목소리가 들린다.) 치킨 두 마리에 엄마의 조금 전 화는 눈 녹듯 이미 다 사그라진 듯했다.

언젠가 애가 둘인 선배에게서 이런 말을 들은 기억이 난다. 엄마들이 밥상을 차리며 가장 서러운 날은 생일날 자신이 직접 끓인 미역국을 먹을 때라는 말. 자주가 아니어도 좋으니 분기별로 1년에 정말 딱 네 번, 석 달에 한 번씩만이라도 외식을 하고 싶다는 말. 그 몇 푼 아낀다고 부자가 되는 것도 아니고 무슨 부귀영화를 누리는 것도 아니고. 사람 났고 돈 났지 돈 나고 사람난 거 아니라는 말. 엄마들에게 외식은 단순히 음식을 먹는 행위가 아닌, 엄마가 엄마라는 이름에서 벗어나 잠시 한 사람으로 돌아가게 한다는 말. 그래서 그 외식 한 번이 주는 효과는 정말이지 삶에 엄청난 가치가 된다는 말.

불현듯 나는 그날의 치킨 두 마리를 떠올렸다. 치킨을 먹으며 언제 그리도 화가 났냐는 듯 기분 좋게 웃어댔던 엄마의 목소리. 나는 설풋 웃음이 나왔다. 치킨 두 마리가 엄마에게도 삶의 그러한 가치가 돼주었을까, 싶은 마음에.

가끔은 엄마에게 치킨 말고도 분위기 좋은 레스토랑 같은 곳에서의 외식도 고민해봐야겠다.

아무것도

해줄 수 없는
딸이라 미안해

아침 댓바람부터 핸드폰 진동소리가 요란하다. 비몽사몽 잠이 덜 깬 상태로 손을 더듬더듬. 핸드폰을 집어 들고 전화를 받으니 엄마였다.

"딸, 자……?"

무언가 심상치 않은 기운에 나는 잠이 확 깼다.

"아니 깼어. 엄마 왜? 무슨 일 있어?"

"아니~, 그냥 날도 덥고 피곤한가봐."

허허. 이 아주머니가 누굴 속이나. 목소리에 "나 지금 너무나도 무슨 일이 다분~합니다"라는 쎄한 기운이 수화기 너머까지 느껴지는구먼.

"뭐야~ 무슨 일이 딱 있구먼. 왜 그러는데."

엄마는 한참 동안 말이 없었다. 이럴 때 우리 엄마 상태는 십중팔구 울고 있는 것이다.

"왜 울어~ 무슨 일인데."

코끝을 훌쩍이던 엄마가 물에 잠긴 목소리로 말했다.

"복숭아가…… 똥값이래…….."

복숭아 값이 사상 최악. 엄마는 울고 있었다.

"엄마랑 아빠랑 밤에 잠을 못 자……. 잠이 안 와."

"복숭아? 그거 이번에 조합에 낸다고 안 했어?"

"왜 아니야. 근데 한 박스에 만 원도 안 줘……. 100박스 팔아야 30만 원 나온단다."

"우리 집만 그래?"

"아니~ 윗집이고 아랫집이고 옆집이고……. 지금 집집마다 난리 났어. 일손 쓴 인건비도 안 나온다고……. 전부 빚지게 생겼어. 올해."

엄마가 다시 울먹이더니 울음을 쏟기 시작했다. 허리 수술을 장장 네 번이나 하고 한여름 땡볕 더위와 씨름하고 싸워가며 그 고생을 했는데. 인건비도 못 건지는 형국이라니. 어쩌면 이렇게도 무참한 일이 일어난 건지 모르겠다고. 엄마의 이야기를 한참 듣던 나는 그동안 묵혀뒀던 말을 꺼냈다.

"엄마, 아빠랑 다 접고 그냥 서울 올라오면 안 돼?"

"거기 가서 뭐 해먹고 살아."

"설마 산 입에 거미줄 치겠어? 농사고 뭐고 다 때려치우고 올라왔으면 좋겠어. 정말."

허리 디스크가 도져 다리까지 그 고통이 번지고 어깨 인대가 늘어나 팔을 제대로 쓸 수 없는 날이 허다하지만 그놈의 농사가 뭐라고 병원 갈 시간도 미뤄가며 매달렸다. 온몸이 아파서 밤잠을 설쳤다는 소식에 당장 병원을 가라고 해도 "지금은 못 가~ 딸. 이거 끝나고 가야지" 하며 그토록 매달리고 정성을 들였던 과실들이었다. 성치 않은 몸으로 가꾸고 온 땀으로 만들어낸 열매들이었다. 그런데 그 고생의 보상은커녕 오히려 빚을 지게 생겼다니. 그 죽을 고생을 하며 키워낸 과실이 제대로 값도 받을 수 없다는 것이었다. 세상 이보다 기막힌 일이 또 있을까.

"그냥……, 어디다 하소연할 데도 없고. 답답하고. 딸 생각나서 전화한 거야."

엄마의 말에 나는 아무런 말도 해줄 수가 없었다. 그저 엄마랑 아빠 밥 잘 챙겨 드시고 잠 잘 주무시라는 말밖에는.

엄마와의 전화를 끊고 묵직한 기분을 털어낼 겸 아침 샤워를 하는데 문득 언젠가 일어났던 배추파동이 생각났다. 배춧값이 폭락해서 농민들이 이렇게는 못 판다며 밭을 다 갈아엎었던 기억. 그 당시만 해도 사실 농민들의 그런 울분을 다 이해할 수가 없었다. 왜 그렇게까지 하는지. 갈아엎어진 밭 한가운데 앉아 통곡을 하던 그 농민들이 어떤 마음일지.

지금쯤 엄마는 어떤 마음일까. 차마 갈아엎지도 못하는

그 과실들을 보며 타들어가는 가슴을 쥐고 있겠지. 값을 안 받느니만 못한 피땀과도 같은 과실들을 울며 겨자 먹기로 넘겨야 하는 현실에 애통한 눈물만 삼키고 있겠지.

이런 모든 상황에도 나는 엄마를 위해 해줄 수 있는 게 너무나도 없었다. 아니, 그보단 내가 할 수 있는 일이라곤 정말 단 한 가지도 없었다. 아무것도 할 수 없다는 기분이 이런 거구나. 그때 나는 처음으로 알았다. 무언가 찝찌름한 기분과 자괴감 혹은 박탈감 그 비슷한 기분까지 들어 나는 참을 수가 없었다. 꼭 뭐라도 하고 싶은데. 그러고 싶은데. 나는 무작정 엄마에게 다시 전화를 걸었다.

"이 여사. 언제 서울 안 와?"

"안 그래도 다음 주쯤 올라가야 해. 할머니가 복숭아 필요하대서. 택배 값도 안 나오고⋯⋯. 엄마가 싣고 올라가게. 왜?"

"아빠는? 같이 안 와?"

"아빠? 글쎄~ 안 갈 수도 있고. 왜 자꾸 물어~."

"무조건 같이 와. 맛있는 밥 사드릴게. 기운 냅시다. 이 여사!"

힘이 잔뜩 들어간 내 목소리에 엄마가 풋, 하고 웃었다.

엄마가 그렇게 웃었다. 엄마의 그 웃음에 나는 왠지 모르게 어깨가 꼿꼿이 펴지고 괜스레 두 주먹이 불끈 쥐어졌다. 그리고 엄마의 이 말 한마디가 내게 묵직하게 울려 퍼졌다.

"고맙다 내 딸."

지나치게
사랑하거나

지나치게
미워하거나

　　　　　엄마와 연이어 이틀 동안 다툼을 벌이고 난 후였다. 사실 따지고 보면 아무것도 아닌 일이었거늘. 후회도 되고 그 잠깐의 순간을 참지 못하고 또 엄마에게 화를 낸 내 자신을 한 대 쥐어박고 싶었다.

　이래저래 속도 상하고 기분도 상하고 마음은 더 상하고. 엄마랑 나는 어쩌면 이렇게도 만나기만 하면 으르렁대야 하는 건지. 모든 모녀가 그런 건지, 우리 모녀만 그런 건지. 머릿속이 시끌시끌 복작복작한 하루였다.

　연이은 감정 소모에, 생각 소모에. 이런저런 에너지 소모를 한 탓인지 일에 집중도 잘 안 되고. 진짜 핸드폰도 꽉 꺼두고 아무와도 섞이지 않고 그저 고요해지고 싶은 날이었다. 스케줄 끝나면 무조건 집으로 가서 씻고 그저 잠이나 자야지. 이런 날 누군가가 조금만 건드려도 곧 터질 것만 같으니까.

　그러나 모든 일엔 참 애석한 것들이 많다. 내 맘대로 뜻대로 되는 일이 어디 한 가지나 있었던가. 스케줄을 다 끝내고 지친 심신을 정말이지 끌어당기며 집으로 향할 때였다. 절친에게서 전화 한 통이 왔다.

"뭐해?"

음…… 그러니까 내가 지금 뭐하고 있더라. 아, 물 먹은 솜처럼 무거운 몸과 그보다 더 무거운 머리를 이끌고 집으로 향하는 길이었지.

"나…… 집에 가는 길?"

친구는 반가운 목소리로,

"그래? 그럼 오늘 저녁이나 먹자."

"왜~, 무슨 일 있어?"

"그냥, 좀 꿀꿀해서?"

내 기분과 그다지 다르지 않군. 이왕 이렇게 된 거 처지 비슷한 친구와 좀 풀어내도 좋을 일이었다.

"그래 그럼. 나도 꿀꿀하다 못해 기분이 영…… 땅으로 곧 꺼질 것만 같아. 어디서 볼래?"

친구는 말했다.

"꿀꿀한 날엔 매콤한 아귀찜이지~. 얼마 전에 맛있는 데 알아났어."

꿀꿀한 기분을 달래줄 아귀찜. 이거 엄마가 제일 좋아하는데. 나도 모르게 순간 그런 생각이 들어 푸훗, 미적지근한 웃음이 배어나왔다.

엄마는 아귀찜을 참 좋아한다. 예전부터 그랬다. 생선류는 비린내가 난다며 별로 좋아하지 않는 엄마가 유일하게 즐기는 메뉴 중 하나다. 기분이 좋은 날엔 좋아서, 우울한 날엔 소주랑 곁들이기 좋아서, 스트레스 받을 땐 감정 섞지 않고 먹을 수 있어서, 친구들하고 오랜만에 모임을 가질 땐 부담이 없어서. 아무튼 엄마는 아귀찜을 정말 좋아한다.

입맛도 어느새 닮았는지 나도 엄말 따라 한 번, 두 번 먹다 보니 꽤 즐기는 메뉴가 되었다.

친구가 추천한 아귀찜 집은 얼마 전 매스컴의 전파를 탄 이력을 당당히 자랑하는 집이었다. 친구의 추천 맛집엔 조금 이른 저녁 시간이라 그런지 생각보다 사람이 많지 않았다. 자리를 잡고 앉은 우리는 이 가게 최고 메뉴인 아귀찜을 시켰다.

잠시 후. 우리 테이블엔 아주 푸짐한 아귀찜과 조개탕으로 꽉 채워졌다. 평소 같았으면 젓가락이 쉬지 않고 움직였겠지만 먹음직스러운 이 음식을 앞에 두고 있자니 왠지 모르게 서럽기도 하고 뭔지 모르게 서글퍼지기도 하고 뭔가 뜨끈한 덩어리 같은 게 심장 주위를 맴도는 것도 같고. 그리고 엄마 생각이 더 짙어졌다.

이 기분에서 얼른 헤어나려 야물딱지게 아귀찜 한 점을 들고 먹기 시작했다. 맛은 있는데. 분명 너무나 맛이 있는데. 뭐지, 뒤에 남는 이 씁쓸한 맛은.

엄마도 지금쯤은 이 매콤칼칼한 아귀찜 생각이 간절할 테지. 딸내미와 옴팡지게 한판 붙고 난 뒤 엄마 속도 속이 아닐 것은 말해 뭐하겠나.

"우리 엄마 말이야. 이거 진짜 좋아하는데."

나의 뜬금없는 말에 친구가 묻는다.

"왜. 엄마 보고 싶어?"

"이게 보고 싶은 마음인가? 나 엄마랑 이틀 연장 뒤지게 싸웠는데."

친구가 먹던 아귀찜을 마저 삼키고 나더니 훗, 하고 웃는다.

"야~ 나도 똑같아. 엄마랑 딸은 원래 그런 건가보다. 사실 나도 엄마랑 싸웠거든."

친구의 말이 위로가 된 걸까. 왠지 모를 웃음이 터졌다. 그러더니 둘은 뭔가의 공감대를 형성한 듯이 마구마구 신나게 서로의 엄마와 딸인 각자의 이야기를 하기 시작했다.

엄마랑 나는 어쩌면 이렇게도

만나기만 하면 으르렁대야 하는 건지.

모든 모녀가 그런 건지,

우리 모녀만 그런 건지.

…

친구와 대화 끝에 찾은 답은

결국 모녀는 애증의 관계라는 것이다.

지나치게 사랑하거나

지나치게 미워하거나.

죽을 때까지.

진짜 제일 친한 것 같은데 이럴 때 보면 세상 가장 먼 사람인 것 같다며. 안 맞아도 이렇게 안 맞을 수는 없다며. 엄마를 바꾸는 건 어려우니 그저 우리가 변하자며. 오늘 배 터지게 먹고 기분 풀면 내일은 각자의 엄마에게 미안하다 사과를 하자며. 그런데 왜 또 사과할 일은 매번 딸의 몫인지 모르겠다며. 엄마들은 정말 딸에게 지는 걸 싫어하는 것 같다며. 사랑한다면서.

친구와 그날의 대화 끝에 찾은 답은 결국 모녀는 애증의 관계라는 것이었다. 지나치게 사랑하거나 지나치게 미워하거나. 죽을 때까지.

나는 그날 세상에서 가장 씁쓸한 아귀찜을 먹었다. 그날의 아귀찜이 그토록 씁쓸했던 건 어쩌면 짠맛이 너무나 강해서였을까. 모녀라는 이름으로 온갖 상처들을 주고받은 흔적들에 대한.

정말이지 내일은 당장 엄마에게 사과부터 해야겠다. 이런 마음으론 아귀찜뿐 아니라 내 인생의 모든 맛이 씁쓸해질 테니까.

그러면서 나는 마음속으로 혼자만의 메시지를 남겼다.

엄마. 봐주는 김에 오늘 하루만 더 봐주라.

나도 사람이라 지금 당장은 사과가 안 되니까.

나도 마음이 상할 대로 잔뜩 상했거든.

그렇지만 오늘이 지나면 우린 또 친해질 거야. 늘 그렇듯이.

그리고 또 싸우고 지지고 볶겠지.

그게 엄마랑 나의 인생관계니까.

그러나 이것만은 좀 알아줬음 좋겠어.

엄마 딸은, 정말이지 엄마를 지나치게 사랑한다는 걸.

4부
—

어쩌면 처음으로 엄마를 제대로 보았다

엄마가

꽃보다
아름다워

교회 행사가 있어 아침부터 분주하게 김밥을 싸고 행사 준비를 할 때였다. 전도사 님과 이런저런 수다를 떨며 김밥을 싸는데 대화의 주제가 어느덧 엄마가 돼있었다. 한참 이런 이야기, 저런 이야기를 하던 끝에 전도사 님이 이런 말씀을 하셨다. 정작 자신의 어머니에 대해서 아는 게 별로 없었다고.

나는 그날 집으로 돌아와 엄마에 대해 내가 아는 것들을 적어보았다.

이름 : 이희정

나이 : 50대 후반

특기 : 요리

성격 : 다혈질이고, 눈물 많고, 감성적이고, 직설적인 화
  법, 동물을 좋아하고 등등등

직업 : 농부 & 주부 & 엄마

절친 : 30년 지기 윤자 아줌마

좋아하는 것 : ……??

엄마에 대해서 이런 것 저런 것을 생각하며 써보다 엄마

가 '좋아하는 것'에서 턱하고 막혀버렸다. 엄마가 좋아하는 거…… 좋아하는 거…… 우리 엄마가 좋아하는 거…… 한참을 생각해야 했다. 문제는 한참을 생각해도 떠오르지 않는다는 것이었다. 잔뜩 미간에 주름을 잡고 생각을 하며 안간힘을 쓸 때였다. 뭔가 툭, 하고 떠올랐다. 우리 엄마는 꽃을 참 좋아한다는 것을.

봄이면 과수원에 화사하게 핀 복숭아꽃 사진을, 초여름이면 화단을 가득 채운 목단 꽃 사진을, 여름철엔 포도 꽃 사진을, 가을엔 산을 가득 채운 단풍 사진을, 겨울엔 하얗게 과수원 나무에 매달린 눈꽃 사진을. 매일 사진이나 동영상으로 찍어 가족들이 있는 단체 채팅방에 올려준다.

이런 날이면 제아무리 안 좋은 일이 있더라도 그 꽃들을 보며 위안을 얻곤 한다. 꽃을 올리는 엄마의 첫 메시지는,

꽃 봐라~ 무지 이쁘지~~

"꽃이 무지 이쁘다"는 엄마의 말투는 꼭 소녀 같았다. 만개한 꽃을 보며 그보다 더 환한 얼굴로 핸드폰 카메라 셔터를 눌렀을 엄마를 생각하니 절로 입꼬리가 올라갔다.

꽃이 만개했네. 엄청 예쁘다.

오늘 이 꽃 보고 우리 새끼들 모두 힘내라~

타지에 있는 자식들이 혹여 힘겨운 하루를 보내고 있을까 싶어 꽃으로 꽃 같은 위로를 건네는 엄마. 엄마가 알아주지도, 챙겨주지도, 봐주지 못하는 각자의 자리에서 내 자식들의 하루가 기쁨으로 넘치길 바라는 엄마의 마음이 오롯이 느껴졌다. 그런 마음이 담긴 엄마의 사진 메시지를 받은 날이면 오그라졌던 어깨가 펴졌다. 위축됐던 가슴이 빵빵하게 부풀었다. 잔뜩 구부러졌던 등허리가 꼿꼿해졌다. 엄마가 보낸 꽃 사진의 꽃향기가 꼭 내 온몸을 휘감는 느낌에 긴장했던 몸이 느슨해지며 안정이 찾아왔다.

우리 엄마는 나누는 걸 참 좋아한다. 그게 물건이어도 좋고, 그게 기분 좋은 소식이어도 좋다. 엄마는 자신이 가진 가장 좋은 것을 주변에 다 줘버리고도 맑게 웃을 수 있는 사람이다. 아무리 자신이 손해를 보더라도. 자신이 힘들어도 베푸는 게 속 편한 사람, 그게 우리 엄마다.

엄마의 이런 마음은 자식들에게 유독 더 도드라진다. 허리 수술을 수차례 하고도 김장을 하는 엄마였고, 장을 보고 무거운 짐을 내가 들려고 하면 "엄마가 들게, 딸! 너는 이런 거 들지 마" 하고는 자신이 씩씩하게 들고 앞장서서 걷는 엄마였고, 월급 타서 뭐라도 하나 사주려고 하면 뭐든 비싸다며 내 딸이 못 자고 끼니도 제대로 챙기지 못하고 그렇게 글 써서 번 돈이라며 자신의 쌈짓돈을 꺼내드는 엄마였고, 뭐든 제일 좋고 맛있는 건 딸 입에 먼저 넣어주기 바쁜 엄마였다.

받는 것보단 주는 기쁨에 더 행복해하는 엄마. 손에 꼭 쥐고 뭐든 안 놓는 것보다 손바닥이 훤히 다 보이도록 쫙 펴서 주변의 손을 잡아주는 걸 더 좋아하는 엄마. 누군가 힘들 땐 "우리 집에 와. 밥 해놨어. 밥이나 먹고 가" 하며 밥 정을 나눌 줄 아는 엄마.

이런 감성을 가진 우리 엄마는, 좋은 건 가족들과 혹은 주변인들과 함께 보고 나눌 줄 아는 우리 엄마는,

꽃보다 아름답다.

타지에 있는 자식들이 혹여

힘겨운 하루를 보내고 있을까 싶어

꽃으로 꽃 같은 위로를 건네는 엄마.

엄마가 알아주지도, 챙겨주지도,

봐주지 못하는 각자의 자리에서

내 자식들의 하루가 기쁨으로 넘치길 바라는

엄마의 마음.

강력한

소녀기를
맞이하다

시골에 있는 딸을 보기 위해 외할머니가 아침부터 부산하다. 바리바리 뭘 그리도 많이 준비하는지. 벌써 냉장고 문은 열댓 번도 더 열었고, 열흘 전 미리 남대문에 가서 사다놓은 파스며 각종 약품이며 몇몇 옷가지들까지 참 고루고루 꼼꼼하게도 챙긴다. 나는 거실 소파에 앉아 한참 그런 할머니를 바라보다 마침내 한 소리를 한다.

"유 여사, 아니 뭘 그렇게 많이 싸~ 그걸 다 어떻게 가지고 간다고. 참내……."

"아이고 이것아 말 말어. 할미가 다 지고 가든 이고 가든 할 테니까."

할머니의 지청구에 하는 수 없이 나는 다시 관망자가 되었다.

시간이 얼마나 흘렀을까. 마침내 할머니의 짐 싸기가 끝이 나는 듯 보였다. 챙겨 놓은 물건들을 하나하나 보면서 뭐 빠뜨린 건 없는지 마지막 점검을 하는 할머니를 보고 있자니 '딸네 가는 게 저리도 좋으실까' 싶어 설핏 웃음이 배어나왔다. 어디 소풍이라도 가는 것 같아 하는 들뜬 할머니의 모습이 어쩐지 소녀 같기도 하고, 수줍음 가득 품은 처녀 같기도 해서.

이래저래 한가득 마련한 짐이 부담스러워 운전을 해서 모시겠다고 해도 할머니는,

"카페 칸이 얼마나 좋은데~ 나 카페 칸 타고 갈 거야."

고집을 피우는 바람에 그 많은 짐을 둘이서 이고 지고 결국 기차에 올라탔다. 할머니의 바람대로 '카페 칸'에 올라타 커피도 마시고 꼬치소시지도 먹으면서. 아이처럼 좋아하는 할머니를 보니 답답한 자동차가 아닌 기차를 선택한 것에 정말 잘했다는 생각이 들어 기쁨이 물밀 듯 밀려왔다.

한여름의 엄마는 땀방울이 마를 새 없이 바빠 제대로 인사를 나눌 겨를도 없이 다시 과수원 밭으로 나갔다. 할머니는 잔뜩 실어온 짐을 하나하나 풀어 한쪽에 정리하기 시작했다. 얼마쯤 지나자 현관문 앞에서 숨을 휴우, 하고 몰아쉬며 탁탁- 옷에 묻은 흙먼지를 터는 소리가 들렸다. 엄마가 들어오는 소리였다. 엄마는 잠깐도 쉴 새 없이 집에 들어오자마자 샤워를 하고 밥통에 쌀을 안치고 찌개를 끓이느라 분주했다. 그런 엄마를 보며 할머니가 엄마에게는 들릴 듯 말 듯한 어투로 조용히 말했다.

"니 애미가 왜 저러나 모르겠다. 처녀 적엔 갓난쟁이 엉덩이마냥 말랑말랑 순둥이였는데……."

시골 억척이가 다 된 엄마를 보며 외할머니가 종종 하는 말이다. 그러더니 이번에는 아예 엄마를 불러두고 한마디를 하신다.

"너는 젊은 애가 얼굴이 그게 뭐냐. 여자가 좀 꾸미기도 하고 그래야지. 밭에 나갈 때 선크림 같은 것도 안 바르냐."

하면서 자신의 가방에서 선크림과 영양크림을 꺼내 엄마 앞으로 밀어둔다. 엄마는 처음엔 할머니 말이 진짜 그런가 싶어 자신의 푸석한 얼굴을 매만지다가 자신의 앞에 놓인 영양크림과 선크림을 물끄러미 바라봤다. 그러더니 뭐가 그렇게 복받치는지 울먹울먹이다 속에 있는 것을 다 토해내는 것 같이 울어대며 말을 하는 거였다.

"엄마는 내가 안 그러고 싶어서 그런 줄 알아? 새벽 4시, 5시에 일어나서 나, 제대로 끼니도 못 먹으면서 저 밭하고 하루 종일 씨름을 하고 있어. 그리고 집에 오면 파김치 돼서 쓰러져 코골기 바빠. 그런데 나한테 뭘 하라는 거야! 나도 이 시골이 정말이지 이젠 진짜 싫어!!"

엄마는 두 손으로 눈물 콧물 범벅이 된 얼굴을 썩썩 문대더니 담배를 피우러 나가버렸다. 그 자리에 있는 나는 너무나 당황스러워 할머니부터 살폈다.

할머니는,

"에휴. 늙은이가 괜한 소릴 해서 괜히 맘만 심란하게 했
어. 늙을수록 밉상이라더니, 내가 꼭 그짝이네."

하시면서 선크림과 영양크림을 들고 엄마의 화장대로 갔
다.

나는 이해할 수가 없었다. 아무것도 아닌 일이었다. 할
머니는 시골에서 고생하는 딸이 안쓰러워 그저 위로하고자
했을 뿐이었다. 당신은 쓰지도 않는 선크림까지 챙겨 와서
말이다. 밖에서는 서럽게 우는 엄마의 울음소리가 들려왔
다. 무엇이 엄마를 저렇게 서럽게 한 것이었을까.

한참을 한 많은 여자처럼 통곡 비슷한 걸 뿜어내던 엄마
는 그제야 진정이 됐는지 퉁퉁 부어 잘 떠지지도 않는 눈을
해가지고 다시 집으로 들어왔다. 그러더니 다시 아무렇지
도 않게 할머니 곁으로 가서 이런 얘기, 저런 얘기를 하기
시작했다. 할머니는 별 대수롭지 않다는 듯 엄마의 수다를
맞춰주었다.

요즘 우리 엄마는 작은 일에도 감정 컨트롤하는 걸 힘들
어한다. 밥을 먹다가도, 주변 친구들과 소주 한잔을 하다가
도 괜스레 눈물바람을 일으키기도 한다. 어쩔 때는 가슴이

한껏 부풀어 올라 곧 시집이라도 가는 꽃처녀처럼 얼굴이 벌겋게 달아오르기도 한다. 이런 우리 엄마의 병명은 갱년기다. 사춘기보다도, 중2병보다도 더 강력한 갱년기.

어쩌면 엄마는 지금 갱년기라는 이름 아래 엄마의 가장 순수했던 시절로 돌아가 있는 건 아닐까? 울고 싶으면 울고, 화내고 싶으면 화내고, 위로 받고 싶을 땐 딸이나 할머니한테 전활 걸어 한두 시간쯤은 너끈하게 자신의 수다를 늘어놓으며 마음을 풀어내는.

어쩌면 우리 엄마는 지금 가장 강력한 소녀기에 접어든 걸지도 모르겠다.

휴식이
   필요해

아침나절부터 올케에게서 전화 한 통이 걸려왔다. 씩씩거리는 올케의 목소리에는 어떤 화가 묻어났고 또 어떤 설움 같은 것이 잔뜩 배어있었고 곧 터져버릴 것 같은 울음이 먹먹하게 젖어있었고, 그리고 무언가 체념한 듯한 처연함이 차있었다.

올케가 이럴 때 나의 반응은 딱 한 가지다. 그저 올케의 말을 묵묵하게 들어줄 것. 아무 대꾸 없이.

"도대체 언니! 왜 나만 이런 모든 일을 감당해야 해?"

두서없는 올케의 말이 시작되고 있었다.

"왜 나만 이런 걸 하고 있어야 하는지 모르겠단 말이야. 어? 언니! 엄마라는 이유로 내가 이걸 다 짊어져야 하는 거야? 그런 거라면 이런 엄마는 진짜 너무 불쌍하잖아…….. 왜 엄마라는 이유로 나는 포기해야 하는 게 이토록 많아야 하는 거야?"

지쳐죽겠다는 말, 언제까지 이 기약 없는 짓거리를 계속 이어가야 하는 건지 모르겠단 말, 정말 다 버리고 어디론가 숨어버리고 싶다는 말. 올케는 이 순간 정말 모든 걸 다 포기해버리고 싶다고 했다. 자식만 아니면 이 모든 걸 놓아버리고 싶다는 올케의 말에서 세상 온갖 슬픔이 가득 느껴졌다.

그날 올케가 가지고 있는 여자로서의 설움은 이런 것들이었다. 아이를 가졌을 때, 그리고 낳았을 때의 기쁨과 환희는 그 무엇과도 바꿀 수가 없지만 그에 따라 자신의 몸이 처녀 적과 달라지는 것을 거울 속에서 확인할 때마다 정말 기가 죽는다는 것. 그와 반대로 남편은 점점 젊어지는 것만 같아 밖에 외출이라도 할라치면 더 주눅이 드는 이상한 현상을 겪게 된다는 것. 이런저런 자신의 속도 모르고 밖에서 주구장창 며칠이고 술을 먹고 들어오는 남편을 보고 있노라면 속이 터지다 못해 한 대 쥐어박고 싶다는 것. 늘 아빠바라기를 하고 있는 아이에게, 잠깐이나마 아빠와의 시간을 만들어주기 위해 어린이집이라도 좀 데려다주라고 깨우고 깨우고 깨워도 그저 잠에 빠져 있는 남편을 보고 있노라면 정말 머리에서 열꽃이 핀다는 것. 아이는 자꾸 크는데 그런저런 생각은 자신만 하는 것인지 아직도 친구를 더 좋아하는 남편을 보면 정말 철이 없어도 저리도 없을까, 싶어 헛웃음이 나온다는 것. 자신은 친구들과 약속을 잡고 나가려고 하면 이 눈치, 저 눈치 온갖 눈치를 보고 나서야 겨우겨우 두어 달에 한 번쯤 그런 시간을 가질 수 있는데 때때로 자신의 시간을 마음껏 가져다 쓰는 남편을 보면 정말 마음이 탁, 하고 내려앉는 기분이라는 것(남동생이 철이 좀 없는 행동을 이따금씩 하기도 하지만, 그 동생이 전적으로 올케의 속만 썩이는 나쁜 가장은 아니란 것을 말해두고 싶다).

이런저런 말을 이어가던 올케는 통화 끝에 이런 말을 했다.

"언니, 나도 좀 쉬고 싶다……."

올케가 말하는 엄마의 하루와 엄마의 일상을 들으며, 오롯이 엄마만이 느낄 수 있는 그 어떤 아픔과 외로움에 공감해주지 못한다는 사실이 못내 안타깝고 마음 한쪽이 쓰려왔다. 그렇게 1시간여 올케와의 통화 속에서 나는 문득 우리 엄마의 일생을 찬찬히 더듬어보게 됐다.

우리 엄만 채 다 자라기도 전에 엄마가 됐다. 자신도 철모르는 그 시절, 엄마는 엄마가 되느라 애를 쓰고 힘을 쓰며 그 나날들을 살아냈다. 돈푼이라도 생기면 자신을 위해 쓰기보다는 자식들한테 필요한 데 쓰기 바빴고 어디 모임이라도 갔다가 맛있는 걸 먹을 때면 집에 있는 식구들이 생각나 죄책감에 시달렸고 예쁜 옷가지라도 하나 살 때면 가격 표부터 확인하는 습관이 생겼다. 비싼 옷은 입어본 지 오래되었고 그 돈으로 식구들 먹일 식재료를 사다 냉장고를 채우는데 익숙해져 갔다. 친구와 수다를 떠는 시간보다는 TV 드라마를 보며 눈물을 훌쩍이거나 감정 이입에 빠져 그 주인공들과 함께 웃고 화내는 시간들이 늘어갔다. 이른 아침 눈을 뜰 때면 조금 더 누워서 뭉그적대고 싶을 때도 있지만 식구들 먹일 아침밥 시간이 늦을까, 늦잠을 청하지도 못했다. 온 식구들이 총출동해 시골집 안을 시끌벅적하게 채우는 날이면 밥상 위에 음식을 놓느라 엉덩이를 붙일 새도 없었다. 그렇게 또 식구들이 있다 떠나도 엄마에겐 잠시도 쉴 새 없이, 식구들이 휘젓고 다닌 집안을 치우는 시간들로 이어졌다.

엄마의 이런 시간들과 나날들을 생각하다 보니 문득 가슴 한쪽이 뻐근해졌다. 엄마에게 그 시간들은 가족이 함께 하기에 소중하기도 하지만 때론 지독히 가혹하고 잔인한 일상으로 느껴지진 않았을는지.

엄마는 괜찮았던 걸까. 엄마이기 때문에 그 수많은 날을 다 포기했던 것에. 숱한 시간들이 많았지만 엄마는 엄마가 되면서부터 점점 자신의 시간을 쓸 줄 모르는 사람으로 변해갔다. 오히려 그 시간들을 버려도 좋을 만큼, 자식을 위하고 남편을 위하고 자신의 식구들을 위해 쓸 수 있는 날들이 있음에 감사하며 위안 삼았을지도 모를 일이었다.

엄마라고 왜 다 내려놓고 싶은 순간들이 없었을까. 엄마라고 왜 모든 걸 내다 던져버리고 싶은 욕구가 없었을까. 설거지며 청소며 온갖 집안일도 저만치 좀 내버리고. 며칠이고 온통 자신이 하고 싶었던 일들을 해보고 가보고 싶은 곳도 가보고. 누구 눈치 볼 것 없이 내가 먹고 싶은 것 위주로 잔뜩 먹는. 이런 모든 행위들을 누리고 싶었을 터였다. 기꺼이 자신을 위해 그런 시간들을 내주고 싶을 거였다. 그런저런 휴식들을 꼭 만들어주고만 싶었을 것이다. 하지만 그런 순간에도 엄마는 자신이 엄마라는 사실을 금세 자각해버리곤 했다. 그래야만 엄마라는 그 긴 여정을 또 살아낼 수 있기에.

엄마는 여전히 자신에게 조금이라도 남은 그 모든 것들을 주기 위해 기꺼이 손을 내어민다.

힘들면 엄마의 손을 잡으라고. 그러면 그뿐인 일이라고.

네가 그리운 날엔,

　　네가 보고 싶을 땐

모든 사람이 그렇듯 우리는 각자의 특별한 순간들과 기억이 있다. 첫 데이트가 그렇고, 결혼기념일이 그렇고, 수십 번 탈락 끝에 합격 소식을 들은 회사가 그렇고, 좋아하는 누군가와 좋은 영화 한 편을 본 날이 그렇고. 오랜만에 그것도 아주 우연히 보고 싶은 상대를 만났던 그런 날이 그렇고. 또 어떤 이별과 어떤 시작 앞에서 그렇다. 우리에겐 수많은 '특별함'이 존재한다.

우리 엄마의 특별한 날은 그리움을 달래는 날이다. 나는 이걸 두고 엄마의 '그리운 마음 달래기'라는 별명을 붙였다. 엄마는 무언가가 그리운 날이면 음식을 만드는 버릇이 있다. 향이 짙은 그리움일 땐 자박자박 된장찌개를 끓이거나 얼큰 칼칼한 오징어찌개를 끓인다. 그리움이 못내 잊히지 않고 하루 종일 엄마를 따라다니는 날이면 꼬들꼬들 돼지껍데기나 마른 노가리를 무쳐, 꼭꼭 씹어야만 하는 밑반찬을 만든다. 떨어져 있는 자식들과 통화를 한 번씩 한 날이면, 그래서 그 자식들의 뭔가 기운 빠지는 목소리를 듣고 한달음에 달려가 도닥도닥 안아주고 싶은 날이면, 묵은지와 등갈비를 넣고 한소끔 푸욱 찐 묵은지등갈비찜 같은 음식을 만든다. 엄마는 요리하는 걸 좋아한다. 복잡 미묘한, 여러 가지 섞인 감정과 감성을 엄마는 모든 요리로 풀어낸다. 이 많은 날 중에서도 특히 엄마는 봄날에 김밥 싸는 걸 즐긴다. 고슬고슬한 밥에 참기름과 깨소금으로 간을 맞추고 예쁘게 부친 계란 지단과 오이, 당근, 맛살, 우엉, 단무지, 어묵 등 속 재료만 열네 가지를 넣어 꽁꽁 눌러 싼 엄마표 왕김밥.

엄마가 김밥을 싼 날엔 어김없이 내 핸드폰 벨이 울린다.

"딸~ 뭐하는데?"

"나? 뭐하긴, 일하지."

그러면 엄마는 약 올리듯 김밥 하나를 입안에 넣고 우적- 씹으면서 이렇게 말하는 것이다.

"엄마 오늘 김밥 쌌는데~ (보란 듯이 김밥을 하나 더 우적 씹으며) 오늘 김밥이 왜 이렇게 맛있냐~."

그리고 늘 그렇듯 나의 반응은 이렇다.

"우씨…… 나는? 나도 엄마 김밥 먹고 싶은데…….''

그럼 엄마는 또 이 반응을 기다렸단 듯 기분 좋은 웃음소리를 내며 말한다.

"지금이라도 내려 와라~. 오기만 해봐. 너 먹고 싶은 거 엄마가 다 해주지."

엄마가 생때같은 남매를 떨어뜨려놓았던 날. 그리고 그 후부터, 봄날이면 제 등짝만한 책가방을 메고 소풍을 가는 아이들을 보며 엄마는 집으로 돌아와 김밥을 쌌다고 했다. 어린 두 남매가 생각나서. 자신의 그 똘망한 아이들도 지금 쯤이면 소풍을 가고 있을까, 누군가 김밥은 싸서 보냈을까, 김밥을 못 싸가서 굶지는 않을까, 혹은 김밥이 너무 부실해 다른 아이들과 어울리지 못하는 건 아닐까 하는 마음에. 엄마는 김밥을 양껏 싸서 그 많은 김밥을 혼자서 꾸역꾸역 먹었다고 했다.

그래서였을까. 시골집에 내려갔다가 서울로 올라오는 날이면 엄마는 아침부터 김밥을 싼다. 단 한 번도 김밥을 싸주지 않은 날이 없었다. 지난날 그 자식들에게 못 먹인 김밥을 실컷 먹이려는 듯 엄마는 다른 날보다 재료를 더 많이 넣어 뚱뚱하다 못해 곧 터질 것 같은 크기의 김밥을 싸서 내놓는다. 서울로 올라가며 먹는 엄마의 김밥은 정겹다. 맛있다. 그리고 엄마의 그리움의 맛이, 자식을 향한 사랑의 맛이 오롯이 느껴진다. 그래서 그 뚱뚱한 김밥을 입안에 미어터지게 넣고 씹는 게 좋다.

엄마의 밥은 나에게 언제나 그리움이다. 맛있는 그리움, 쌉쌀한 그리움, 씁쓸한 그리움, 사랑의 그리움, 아픔의 그리움, 반짝이는 그리움, 보고 싶은 그리움, 애틋한 그리움, 외로움의 그리움, 고독의 그리움, 쓸쓸함의 그리움, 행복의 그리움.

——————— 엄마에게 쓰는 짧은 편지

엄마, 너무나 늦었을지도 모르겠지만 지난날 엄마를 힘껏 사랑하지 못해 미안해.
언제나 나에 대한 그리움, 또 나의 동생에 대한 그리움으로 엄마의 마음이 문드러지다 못해 다 짓이겨진 채 아물지 않아 그렇게 그 채로 견디고 버티는 걸 조금 더 알아주지 못해서, 조금 더 관심 있게 바라봐주지 못해서 미안해.
엄마의 인생을 조금 더 들여다보는 시간이었다면……
엄마의 삶을 내가 조금 더 사랑했다면……

엄마는 어땠을까.

엄마가 있다는 그 사실 하나만으로도 내 삶이 이렇게 풍족해질 수 있다는 걸, 엄마를 엄마라고 부를 수 있다는 그 하나만으로도 나는 이렇게 자신감이 넘치고 자존감이 단단한 사람으로 자랄 수 있었다는 걸. 엄마가 나를 끝까지 포기하지 않아서, 버리지 않아서, 잊지 않아서, 감사해.

엄마가 그 모든 시간을 견뎌준 만큼, 포기하지 않은 만큼, 이젠 내가 천천히, 하나씩 다독여줄게. 엄마가 나를 위해 그랬던 것처럼.

열 번을 더 했어야 할 말.

나의 엄마, 나의 단 하나의 엄마.

엄마가 내 엄마여서 정말 다행이야

사랑해 엄마. 나의 엄마.

엄마가 꽃폈다,
　　　흐드러지게

공감의 한 줄. 모든 사람이 그렇듯 공감은 무언가 위로가 되기도 하고 가려운 곳을 시원하게 하기도 하고 내가 그가 되기도, 그가 내가 되기도 하는. 나는 너에게, 너는 나에게 동화되는. 일종의 마음 나누기, 마음 읽어주기가 되겠다. 그리고 그 공감 키워드는 누구나 그렇듯 어떤 논리에 맞게 일목요연한 정리의 형태가 아닌, 가볍게 풀어진 수다에서 시작한 대화일 때가 많다.

우리 엄마는 수다를 좋아한다. 엄마는 이야기를 듣는 것보단 하는 쪽에 가깝다. 말하는 것을 좋아하고, 누군가와 정답게 자신을 나누는 것을 참 좋아한다. 누군가와 이야기를 주고받을 때, 말을 하고 있을 때 엄마는 참 행복해 보인다. 엄마와 통화를 할 때면 짧게는 20~30분, 어쩔 땐 한 시간 가까이 전화기를 사이에 두고 마음을 주고받기보다, 일방적으로 엄마의 이야기를 들어주게 된다.

내 성격 중 스스럼없이 누군가에게 잘 다가가고 친해질 수 있는 건 엄마를 닮았기 때문이다. 우리 엄마는 처음 보는 사람과도 금방 친해진다. 다가오지 않는 상대를 이끄는 어떤 특별한 힘이 있다. 상대가 뒤로 물러날수록 엄마는 꼭 그만큼 더 다가갔다. 엄마가 상대와 이렇게 친해지는 방법도 결국은 수다에서 시작된다.

허리 수술을 했다는 소식에 곧바로 기차표를 끊어 엄마가 입원했다는 병원으로 갔다. 병실에 들어 가보니 4인실에 엄마와, 허리 수술을 한 또 다른 아줌마 한 분이 계셨다. 그리고 도란도란 이야기하는 풍경. 여기까지는 사실 별로 크게 놀랄 일은 아니다. 내가 놀란 건 엄마가 병실을 그날 아침에 옮겼다는 사실이었다. 세상에. 병실을 옮기고 반나절도 안 돼서 엄마 맞은편 침실을 쓰는 아줌마는 벌써 "형님"이 돼있었다.

"형님 얘가 내 딸이에요. 우리 딸 작가라고 했잖아~."

나는 반듯하게 웃으며 인사를 건넸다. 아줌마는 나를 늘 보던 사람처럼 아주 반갑게 맞아주었다. (엄마는 그간 얼마의 이야기를 한 걸까……) 인사가 끝나고 엄마의 상태를 살피고, 이것저것 챙겨주고 하는데 엄마의 수다가 다시 시작됐다. 막 허리 수술을 한 사람치고는 너무나 건강해 보였다. 엄마는 자신의 과수원 농사 이야기부터 작가인 딸 이야기며, 사는 이야기, 남편 이야기. 끝도 없이 이어졌다. 엄마의 그 모습을 보고 있자니 어쩐지 짠한 마음도 들고, 어쩐지 웃음도 나고.

어쩌면 그간 딸에게 하고 싶었을 무수한 말들이, 가슴속에 묻어두기만 했던 그 수많은 이야기가 그곳에 있었다. 그리고 그 속에서 얼마나 내가 엄마를 외롭게 하는 딸이었는지 한 컷 한 컷이 제대로 보였다. 바쁜 일상에 치여 있을 때 엄마에게 전화라도 오면, "엄마 나 지금 바빠. (듣는 둥 마는 둥) 어어…… 응응……, 알겠어, 알겠어. 엄마 쫌만 있다 내가 전화할게. (뚝-)"

여유가 있을 때 엄마가 그간 밀린 수다라도 떨려고 하면, "(건성건성) 아이고 알겠어요~ 알겠어~. 네네."

타지에 있는 딸이 걱정이 된 엄마의 노심초사가 이어질 때면, "엄마 그만 좀 해. 그만 좀……. 했던 소리 또 하고, 또 하고. 귀에 딱지 앉겠어."

나는 안다고 생각했고, 안다고 착각하고 있었다. 엄마가 무슨 말할지 다 알아. 엄마가 지금 무슨 마음인지 다 알아. 엄마의 모든 말은 그저 잔소리. 엄마의 잔소리는 그저 걱정 보따리, 신세 한탄.

언젠가 엄마가 무슨 대단히 속상한 일이 있었던 적이 있었다. 무슨 일이냐고 묻고, 또 물어도 엄마는 말하지 않았다. 내가 딸인데 딸한테 말 안 하면 누구한테 하느냐고, 내가 다 들어줄 테니까 편하게 이야기하시라고. 그런데 엄마의 반응은 시큰둥하기만 했다. 그러더니 지나가듯 이런 말을 했다.

"너는 엄마 말 안 들어주잖아~. 됐거든?"

정말 "헐……." 소리가 절로 나왔다. 그리곤 나도 서운한 마음에 말 안 하려거든 됐다고 덮어두었다. 그렇게 한 30분 정도 흘렀을까. 윗집에 사는 엄마의 절친인 아줌마가 집으로 왔다. 친구를 만난 엄마는 물 만난 물고기가 되었다. 그렇게 털어놓으라고 해도 꿈쩍도 않던 엄마가 스스로 말문을 열기 시작하더니 속상했던 일들을 쏟아내기 시작했다. 엄마의 그 모습에 나는 입이 절로 벌어졌다. 그 30분을 도대체 어떻게 참았을까 싶은 생각에. 그런 엄마가 서운함을 넘어 순간 미워 보이는 마음까지 들어 입술이 절로 꾹- 다물어졌다. 사실은 엄마의 말이 너무나도 반박할 수 없는 팩트였기에 더 화가 났다.

언제 한 번 본 적도 없는 아줌마와 죽이 척척 맞아 즐겁게 수다를 이어가는 엄마의 모습에 나는 한없이 미안했고, 아팠고, 가슴 한쪽이 따끔따끔, 가시들이 찔러대는 듯했다.

나는 그날 내내 엄마의 손을 꼭 붙잡고 다녔다. 엄마의 손을 잡아본 지가 언젠지. 세상 이렇게 무심하고도 교만한 딸이 있나. 엄마 앞의 나는 꽤 괜찮은 딸인 줄로만 알았다. 그런데 그건 착각이었고 교만이었다. 나는 엄마 마음하나 헤아릴 줄 모르는 무심하고 차가운 딸이었다. 그런 딸을 엄마는 어쩌면 끌어안기 위해 애를 썼을까. 좀 안아주면 36.5도를 회복하려나 싶어서.

우리 엄마는 말할 때 활짝 꽃이 핀다. 눈에도, 입술에도, 말할 때마다 오르락내리락 하는 두 뺨과 심장께에도.

나는 그런 엄마의 수다를 지켜주고 싶다. 흐드러지게 그봄을 꽉 채운 하얀 목련 꽃처럼.

우리가 살아가는 모습,

그리고
사랑하는 모습

딸~ 약속 있어? 엄마 내일 올라갈 건데.

5월, 6월까지 복숭아와 포도 봉지 싸기가 한차례 끝나고 난 후 엄마의 문자였다. 이런 날은 약속이 있어도 미뤄야 한다. 그간 엄청난 농사의 노동을 겪고 잠시 쉬러 올라오는 엄마를 거절할 수는 없기에. 늘상 바쁘다는 말을 입에 달고 사는 내가 이런 날이 아니면 또 언제 엄마 얼굴을 보겠나.

몇 달 만에 본 엄마의 얼굴은 조금 더 그을렸고 얼마나 피로가 쌓였으면 눈과 얼굴이 온통 퉁퉁 부어있었다. 그런 엄마를 보고 있자니 코끝이 시큰해지고 심장이 쪼그라드는 듯 아려왔다.

엄마는 나의 이런 마음을 아는지 모르는지 연신 싱글벙글이었다. 바쁜 일과를 마무리해놓고 난 다음 홀가분하게 여행을 온 사람처럼.

엄마가 왔다는 소식에 노인정에 있던 외할머니도 한달음에 집으로 올라왔다. 그간 못 본 딸의 얼굴을 이리 살피고 저리 살피고. 참 살뜰히도 살펴댄다. 그때였다. 엄마가 기다렸단 듯 할머니에게 오른쪽 팔을 쭈욱 뻗어 내놓으며

"엄마, 나 요기 좀 봐봐. 팔에 또 뭐가 생겼나 봐~."

엄마의 어리광 소리에 할머니가 놀란 얼굴로 얼른 엄마의 팔을 쓸며 만지며 걱정이 한가득인 목소리로,

"아이고, 팔이 또 왜 이러냐……. 어째 팔이 또……."

엄마의 팔꿈치 안쪽 오금에는 물혹 덩어리 같은 물컹한 느낌의 무엇이 자리 잡고 있었다.

"나도 늙나봐 엄마. 자꾸 이런 게 생기네~. 근데 만져도 아프지도 않아. 이상하지?"

할머니는 투정부리는 듯 그저 말갛게 말하는 딸의 얼굴 한 번, 팔에 자리한 혹덩이 한 번을 바라보며 온통 걱정이라는 얼굴이었다. 그런 할머니의 곁에서 엄마는 조잘조잘 대며 시시콜콜한 이야기를 늘어놓았다.

그런 엄마와 할머니, 둘의 모습을 바라다보고 있자니 풋, 하고 웃음이 터져 나왔다. 이럴 때보니 엄마도 영락없는 딸이었다.

엄마도 아플 때, 속상한 게 있을 때 제일 먼저 찾는 사람이 있었다. 엄마의 엄마. 엄마를 바라보는 할머니의 눈에는 많은 것이 담겨 있었다. 자신과 같이 하루하루 늙어가는 딸의 모습이 안쓰럽다는 듯, 끊임없이 수다를 늘어놓는 딸이 사랑스럽다는 듯.

그렇게 얼마의 시간이 흘렀을까. 엄마가 잠시 담배를 피우러 나간 사이 할머니가 내게 말했다.

"느네 엄마, 참 불쌍하고 딱하고 그런 사람이지. 평생을 고생만 하고 그랬으니. 늙은이가 바랄 게 뭐 있나. 이제나 저제나 느네 엄마가 지금이라도 꽃이 활짝 핀 인생 살길 매일 기도하지."

할머니의 말에는 많은 마음이 들어있었다. 곧 육십을 바라보는 딸에 대한 애틋하고도 진한 부모의 마음. 하루하루 늙어가는 자신이 어느 날 소천하고 나면 남겨진 내 딸은 이제 어디에다 이런저런 마음을 터놓을까 싶은 엄마의 마음.

나는 문득 엄마가 나간 현관문을 돌아보며 물끄러미 쳐다보았다. 엄마가 있다는 것만으로도 위안이 되고 이 세상을 마음껏 휘저으며 살 수 있는 힘이 된다는 게 새삼 가슴 깊이 폐부를 찔렀다. 내가 나로 살 수 있게 하는 힘, 그 중심에는 늘 엄마가 있었다.

언젠가 엄마가 이런 말을 한 적이 있다. 내가 바락바락 엄마에게 대들며 들이댔던 날,

"야! 너 자꾸 그러면 나도 엄마한테 이른다? 너만 엄마 있냐? 나도 엄마 있어. 우리 엄마."

엄마의 이 말에 나는 그만 얼음이 되었던 기억.

담배를 다 태우고 들어온 엄마는 또 할머니 곁에 앉아 다 꺼내놓지 못한 수다 보따리를 풀어내기 시작했다.

우리 집엔 모녀 삼대가 산다. 언제나 온화한 외할머니가 있고 그런 외할머니의 정 많고 눈물 많은 딸이 있고 그 딸에겐 바른말을 곧잘 하고 두 모녀를 닮길 소망하는 딸이 또 있다.

우린 이렇게 살아간다. 그리고 사랑한다.

엄마도 아플 때, 속상한 게 있을 때

제일 먼저 찾는 사람이 있었다. 엄마의 엄마.

엄마를 바라보는 할머니의 눈에는

많은 것이 담겨 있었다.

자신과 같이 하루하루 늙어가는

딸의 모습이 안쓰럽다는 듯,

끊임없이 수다를 늘어놓는

딸이 사랑스럽다는 듯.

오직 딸만

할 수 있는
일이 있다

우리 엄마에게 작가 딸인 나는 그야말로 척척박사다.

"딸내미~ 이거 음악 트는 거 뭐가 안 돼."

"딸~ 이번에 아줌마들하고 여행 가기로 했는데 어디가 좋아?"

"딸아~ 메신저 뭐가 안 돼……. 뭐가 잘못됐나봐."

"딸, 컴퓨터 프린터가……."

"딸내미~ 바빠? 이거 TV가……."

세상에. 집안에 무슨 일만 생기면 온통 나부터 찾기 바쁘다. 이럴 때마다 내가 늘 하는 말은,

"엄마. 엄마 딸은 작가랍니다."

작가 딸이 맥가이버라도 된 듯 엄마는 작은 문제만 생겨도 내게 전화를 걸어왔다. 그리고 그때마다 나는 엄마에게 맞는 처방전을 내려주게 된다.

내가 이렇게 된 데에는 웃지 못할 해프닝이 하나 있는데 아빠와 엄마가 경남 하동에서 지금의 상주로 이사한 지 몇 달 안 되었을 때였다. 엄마가 한 번은 울먹이는 목소리로 전

화를 걸어왔다. 한창 농번기라 그 넓은 과수원을 부부 두 명이 감당하기 어려워 면사무소에 인력을 요청했는데 1년을 기다리라고 하더란다. 문제는 우리 집보다 더 늦게 인력을 요청한 과수원집들은 다 일손 보충이 되었다는 데 있었다. 엄연한 '텃세'였다. 요즘은 시골살이가 더 힘에 부친다더니. 그 말이 딱 맞았다.

엄마의 전후 사정을 들은 나는 순간 울컥하는 마음이 올라왔지만 함께 감정에 북받칠 수만은 없기에 심호흡을 몇 번 후 엄마에게 면사무소 담당자 이름과 번호를 받아 전화를 걸었다. 나는 담당자에게 정중하게 인사를 하고 이번에 이사를 온 집의 딸이라는 것, 그리고 정말 단 한 명도 일손이 없는 건지를 물었다. 나의 조곤조곤한 말과 태도에 면사무소 담당자는 꽤나 거들먹거리며,

"아⋯⋯ 이게 참 난감하네~. 지금 진짜 일손이 없어요, 없어."

나는 '진짜 일손이 없다'는 말에 그만 실소를 터뜨렸다. "그런데 오늘 저희 옆집에 일손을 보내주셨다고 해서요. 우리 집보다 그쪽은 삼일 정도 늦게 인력을 신청했다고 하던데."

담당자는 뭔가 뜨끔했는지 궁색한 변명을 늘어놓기 시작했다. 그쪽은 미리 작년부터 예약을 했었는데 누락이 돼서 형식상 다시 신청을 한 거라는 이야기, 이사하고 곧바로 용역 신청을 했어야 했는데 시기가 너무 늦었다느니. 거들먹거리는 담당자의 태도에 울컥, 화가 몹시 치밀었다. 하지만 여기에서 내가 담당자와 싸운다면 일이 더 어그러지기만 할 뿐 아빠와 엄마에게 도움이 되지 않을 터였다. 잠시 고민하던 나는 제안을 하나 하기로 하고 담당자에게 내가 작가라는 신분을 밝혔다. (당시 나는 방송 프로그램과 다른 공공 기관 일들을 하고 있었는데 몇 번인가 아르바이트로 농촌 관련 프로그램을 하기도 한 터여서 혹시 도움을 요청할 수도 있으니 상부상조하자는 차원에서였다.) 그런데 그 순간 담당자의 태도가 돌변했다. 무언가 대단히 잘못이라도 한 사람처럼 "아~, 작가님이셨어요?" 하면서 연신 굽신굽신하는 것이었다. 그러더니 뭔가 착오가 있는 것 같으니 곧 일손을 알아보겠다며 우리 집 주소와 아빠 성함까지 몇 번이고 확인에 확인을 거듭했다. 갑자기 태도를 바꾼 담당자가 이상했지만 일손을 확보해주겠다는 결론에 나는 만족하고 전화를 끊었다.

다음 날. 엄마에게서 전화가 왔다.

"딸! 너 무슨 마법을 부린 거야?"

응? 마법? 이게 무슨 소리지? 하며 갸우뚱 하는데 엄마가 신이 난 목소리로 말했다.

"아니 너 어제 그 사람한테 뭐라고 했기에 1년 기다리라고 했던 일손을 하루아침에 넷이나 보내?"

아, 그거였구나. 사실 내가 뭔가 대단히 한 것은 없었다. 단지 내가 작가라는 신분만 밝혔을 뿐, 그 담당자가 갑자기 태도를 바꾸며 일손을 바로 알아봐주겠다는 말에 내 작전을 설명할 시간도 없었다. (사실 이런 경우는 그때가 처음이자 마지막이었다. 아빠 엄마의 일손을 해결하기 위해 눈 딱 감고 선택할 수밖에 없었던 상황인 것을 이해해주시길.)

후에 엄마를 통해 안 사실은 당시 그 면사무소에서는 감사가 진행 중이었다고 했다. 자칫 뭐가 잘못이라도 될까 싶어 담당자는 태도를 바꾼 것이다. 사실 내가 방송작가라는 신분을 밝힌 것은 협박이 아니라 서로 돕자는 차원에서 한 말이었건만. 그런데 담당자는 지레 겁을 먹고 스스로 꼬리를 내린 것이었다.

이때부터 나는 엄마에게 "무엇이든 해결해드립니다. 내 딸은 척척박사"가 되었다. 모든 문제는 작가인 내 딸이 해결해준다는 굳은 믿음이 엄마에게 생긴 것이다.

언젠가 외할머니가 이런 말을 한 적이 있다. 부모가 젊을 때는 자식들에게 울타리가 돼주지만 부모가 늙어갈수록 자식의 보호가 필요하다고. 문득 이런 생각이 들었다. 우리 엄마에게도 점점 딸이 필요한 시간들이 늘어가고 있는 건 아닌지.

엄마는 언젠가부터 가까운 글씨를 멀찍이 보며 침침한 눈을 연신 부비기도 하고 농사일이 고된 날엔 코골이도 하고 가끔씩 음식에 짠맛이 강해지기도 한다. 침침한 눈으로 글씨가 흐릿할 땐 옆에서 글자를 읽어줄 딸이, 코골이를 하는 밤엔 슬쩍 고개를 옆으로 돌려주며 이불을 덮어줄 딸이, 음식의 간을 잘 모를 땐 옆에서 음식 맛을 보며 간을 맞춰줄 딸이, 엄마에겐 점점 더 필요해질지 모르겠다. 그럴 때, 엄마가 나를 찾을 때, 엄마의 마음이 풍성해질 수 있는.

나는 엄마에게 그런 딸이고 싶다.

딸이 자라면

엄마를
사랑할 줄 안다

내가 20대일 때, 우리 엄마나 외할머니에게 제일 많이 들었던 말 중의 하나는, "에휴. 저게 언제 철이 들까" 하는 거였다. 철이 들 만큼 들었다고 생각하는데. 얼마큼의 철이 들어야 비로소 "너도 이제 철이 제법 들었다"는 말을 들을 수 있는 건지. 여하튼 희한하게도 엄마와 외할머니 눈에는 그때까지만 해도 내가 썩 그렇게 철이 든 모양새는 아니었던 듯하다. 그래서 어쩌다 나도 발끈해서 한다는 말이,

"철드는 게 도대체 뭐야? 뭔데 맨날 나만 보면 철이 들었네, 안 들었네, 그러는 건데? 그 죽일 놈의 철은 대체 뭘 어떻게 해야 드는 거냐고."

그리고 이럴 때마다 내게 돌아오는 말은 이렇다.

"나이만 먹는다고 어른이 되냐? 철이 든다는 건 어른이 된다는 거고, 어른이 된다는 건 다른 사람들의 마음을 헤아릴 줄도 안다는 거지."

결국 나이 앞에 바뀌는 숫자가 어른을 결정짓거나 철드는 걸 결정짓는 게 아니란 걸 의미했다. 참 좋은 의미인데. 어째서 나는 이 말에 그토록 기분이 나쁜 것이었을까. 생각해보니 답은 아주 간단명료했다. 엄마의 딸내미는 나이만

먹었지 어른도 아니었고, 다른 사람의 마음을 헤아릴 줄도 모른다는 것. 엄마에게 정말 내가 그런 딸인가? 싶어 은근 부아가 치밀었다.

"그러니까 엄마 말은, 내가 남의 마음도 헤아릴 줄 모르는 그런 이기적인 애라는 거잖아. 근데 내가 엄마한테나 이러지, 밖에 나가 누구한테 그러겠어? 안 그래?"

엄마는 내 말이 뭐가 그리 우스운지 콧방귀를 뀌며 받아친다.

"딸아, 딸아, 이 철이 한 톨도 안 든 내 속에서 나온 딸내미야. 안에서 새는 바가지는 밖에서도 새는 거란다~."

그날 '철드는' 문제로 엄마와 티격태격 다투었던 기억. 그리고 몇 년이 지나 서른이 되고 그 중반 무렵을 지나기 시작할 때쯤, 나는 조금씩 알게 되었다. '철이 든다'는 개념에 대해서. 누군가 가시 돋친 말을 할 때면 왜 저 사람은 늘 무슨 상황만 생기면 저리도 까칠하고 예민하게 반응할까, 싶어 그 사람의 삶이 궁금해졌고 주변에 독특한 성향의 친구를 보면 그 사람을 밀도 있게 들여다보고 싶은 마음과 눈이 생기기도 했다. 그래서 예전 같았으면 관계를 끊거나 아예 같은 무리에 섞일 생각을 안 했던 부분들도 그들과 함께 공존

하며 살아가는 법을 하나씩 깨닫게 됐다. 그리고 그 무렵이었다. 내가 엄마를 찬찬히 들여다보게 된 것은.

연노랑 민들레가 땅 밑에서 쏘옥 얼굴을 내밀 시기였던 듯하다. 그날 엄마는 제법 열을 뿜어 올리는 땅과 가장 가까운 거리로 바싹 쪼그려 앉아 집 뒤편 텃밭에 무언가를 열심히 캐내고 심고 있었다. 그 모습을 잠자코 보고 있자니 얌전히 꼬부리고 앉아 있는 엄마의 두 다리가 그동안 참 많이도 동동동 굴렀겠구나, 싶었다.

철모르는 시절, 엄만 그냥 엄마가 되었다. 엄마가 되고 싶었던 것도 아니었고 엄마가 되고자 계획을 하거나 준비가 된 상태도 아니었다. 정말이지 그냥, 그렇게 엄마가 되었다. 세월에 흘러가는 대로 두 아이를 낳았고 엄마는 엄마가 되었다. 그렇게 엄마가 되고 시간이 지나 자식들이 말을 하고 걸으며 키도 한 뼘씩 자라는 시간에 머물렀을 때, 엄마는 겁이 더럭 났을지도 모를 일이었다.

뭘 어떻게 해야만 좋은 엄마가 되는지 몰라서 마음을 동동, 뭘 어떻게 해야만 내 자식들이 잘 성장하고 클 수 있는지 몰라서 발을 동동, 아빠와 엄마가 다 공존하는 가정에서 내 아이들을 끝까지 지켜내고 싶은 마음에 눈물만 동동, 그

가정을 지켜내지 못하고 기어이 내 자식들을 품 안에서 떨어뜨려놓아야만 했을 순간엔 창자가 마치 찢어지는 듯한 아픔과 고통에 동동. 그리고 새 가정을 이루었을 땐 또 그 가정과 화합하기 위해 이리 뛰고 저리 뛰며 동동.

엄마가 그저 엄마가 되기 위해 보냈던 그 시간들. 엄마의 그 시간들이, 그 마음들이 내 속을 진하게 휘젓고 있었다. 우리 엄만 그 시간들을 대체 어떻게 견뎌내었을까. 그것도 홀로.

사금파리처럼 흩어져 있던 엄마의 나날들이 어쩌면 그날따라 그토록 선명하게 보였던 건지. 그래서였을까. 그 모진 시간들에 홀로 서 있었을 엄마를 생각하니 마음이 저려왔고 그 아픔들을 혼자 고스란히 삼켜야 했던 엄마를 마주하니 가슴이 아파왔고 그 시간들을 잘 버티고 견뎌 지금 내 곁에 이렇게 있어주어 안심이 되었다.

철이 들면 상대의 마음을 헤아릴 줄 안다더니. 그때 엄마의 말은 이런 뜻이었을까. 그 순간, 철이 안 들었다는 말을 듣고 발끈해서 엄마에게 왕왕 대던, 정말 '철없던' 내가 떠올라 푸핫 하고 웃음이 한바탕 터져버렸다. 그리고 내 웃음소리에 돌아보며 정말 세상 별일이라도 난 것처럼 놀란 눈으로 나를 쳐다보는 우리 엄마.

　　그런 엄마를, 오늘은 세상 가장 따뜻한 마음으로 그저 가만히 안아주고 싶다.

세상 끝 날까지,
나는 엄마 딸

어린 조카를 유심히 지켜보고 있으면 가끔 신기할 때가 있다. 누가 가르쳐주지도 않았는데 남동생과 올케의 어떠한 면을 고대로 따라할 때가 그렇다. 그런 제 딸이 마냥 예쁜, 딸바보 남동생은 묻는다.

"너 누구 딸이야?"

조카가 똘망한 목소리로 제 아빠의 물음에 답한다.

"아빠 딸! 엄마 딸!"

그 모습을 가만히 들여다 보고 있자니 내가 어릴 때 종종 듣던 말이 생각이 났다. 대여섯 살 때쯤 내가 가장 설움에 복받쳤던 말은, "해주 너, 다리 밑에서 주워왔다?"였다.

이 말에 나는 다리 밑에서 주워온 게 아니라고 우리 엄마 배에서 태어났다고 울고불고 했던 기억이 난다. 어린 손녀의 이런 반응이 꽤 귀엽고 재밌었는지 외할머니는 깔깔대고 웃으며 이따금씩 내게 그런 장난을 치곤 했었다. 그때마다 어린 나는 엄마에게 눈물이 한가득 고인 눈으로 동의를 구하며,

"엄마 아니지요~, 해주는 엄마 딸이지요?"

곧 죽어도 "해주는 엄마 딸! 나는 엄마 딸!" 했던 기억이 난다. 엄마는 그런 어린 딸이 마냥 사랑스러운 듯 안고 어르

며 외할머니한테 애 좀 그만 놀리라고 눈을 흘기곤 했다. 내 눈엔 세상에서 우리 엄마가 최고로 예쁘고 천사 같은 사람으로 비춰졌던 시절이었다. 그런데 크면서는 누가 내게 엄마를 닮았다고 말이라도 하면,

"내가 엄마를 닮았어? 이상하네. 그런 말 첨 듣는데. 진짜 닮았어?"

그 말에 부정이라도 하듯, 절대 엄마를 닮은 게 아니라고 외치듯 대꾸하는 나를 보게 된다. 어느 날은 이런 내가 나도 너무 이상해서 스스로에게 질문을 던진 적도 있다.

'내가 엄마 닮았다는 말을 창피해하는 건가?'

사실 창피한 것은 아니었다. 그보단 어느 순간 '나는 엄마처럼 살지 않을 거야!'라고 굳게 마음을 먹은 순간부터 그랬던 듯하다. 점점 다혈질로 변해가는 엄마가, 점점 더 거침없이 직설을 발언하는 엄마가, 점점 내가 바라는 엄마가 아니라는 이유가 그랬다. 그 후부터 내게 언제나 천사 같이 빛나고 예뻤던 엄마는 어느새 온 데 간 데 없이 사라지고 그 자리엔 엄마처럼은 싫어, 엄마처럼은 절대 안 살아, 라는 마음들이 채워지기 시작했다. 그러더니 부단히도 엄마를 애써 힘써 닮지 않기 위해 반대로만 살려고 노력해왔다. 그런데

점점 다혈질로 변해가는 엄마가,

점점 더 거침없이 직설을 발언하는 엄마가,

점점 내가 바라는 엄마가 아니라는 이유가 그랬
다.

그 후부터 내게 언제나 천사 같이 빛나고 예뻤던

엄마는 온 데 간 데 없이 사라지고

그 자리엔 엄마처럼은 싫어,

엄마처럼은 절대 안 살아, 라는

마음들이 채워지기 시작했다.

내가 엄마를 닮지 않기 위해 했던 가상한 노력들에도 나는 나를 인정할 수밖에 없었다. 내가 엄마의 딸이라는 것을. 그것도 절대 부정할 수 없고 절대 부인할 수 없는.

언젠가 마음을 다 준 친구에게 배신을 당한 일이 있었다. 그 친구가 힘들다며 나를 찾을 때면 늘 그 친구의 편에서 온전히 편이 돼주었는데(그렇다고 어떤 보상을 받기 위해 그러했던 건 아니다). 그러다보니 어느 순간 그 친구는 나의 그런 마음을 이용하고 있다는 것을 알게 됐다. 어느 날인가 그 친구가 내게 큰 실수를 했는데 사과는커녕,

"너는 온전히 내 편이니까. 이 정도 일쯤은 이해하고 넘어가 줄 수 있을 거라 생각했는데."

너무나도 황당하고 어처구니가 없는 말이었다. 그래서 나는 이렇게 되물었다.

"너는 온전히 너의 편이 돼주는 사람에게 그렇게 행동하는구나?"

그날 이후 나는 그 친구를 만나지 않기로 작정했다. 그러다 문득 엄마 생각이 났다. 물심양면으로 상대에게 다 해주고 난 후 배신을 당한 적이 어디 한두 번이던가. 갑자기 마음이 찌억찌억 갈라지는 듯 저릿저릿해왔다. 그리곤 드는

생각 하나.

'내가 암만 잘난 척해봤자 나는 그냥 내 엄마의 딸이구나.'

나는 그날 엄마에게 전활 걸어 이 사건에 대해 이야기했다. 엄마는 대번에 그런 친구라면 만나지 말되 그래도 미워하지는 말란 이야기를 덧붙였다. 엄마의 말에 절로 웃음이 터졌다. 누굴 미워하는 걸 제일 힘들어하는 게 우리 엄마였고 나였기 때문에. 사실 그 친구에 대해 화는 났지만 그녀가 대단히 증오스럽고 밉고 그렇지는 않았다. 그 친구를 미워하면 할수록 내 마음은 지옥일 테니까.

그날 엄마와 나는 한참 동안 수다를 떨며 마음을 덜어냈다. 엄마와 전화를 끊을 때쯤 내 마음엔 이런 생각이 한 줄 몽글하게 올라왔다.

내 몸엔 세상에서 가장 착하고 선한 우리 엄마의 DNA가 흐르고 있다. 그것에 늘 감사하며,

이 세상 끝 날까지, 나는 엄마 딸!

해주는 이희정 여사 딸!

에필로그

딸이
엄마에게

책을 마무리하며 나는 엄마에게 가장 먼저 해주고픈 말이 하나 생겼다. "엄마 고마워!"

나의 엄마의 인생은 햇볕 쨍쨍한 날보다는 그늘 있는 날이 더 많았고, 평지보다는 오르막이 더 많았으며 꽃길보다는 가시밭길이 더 많았다. 그런 나날에 때론 곁에 있는 자식들이 부담스러울 때도 있었을 테고, 모든 걸 다 내려놓고 이젠 그만 가고 싶은 마음에 아우성을 치는 날들도 있었을 테고, 폭우를 뚫고 가는 것만으로도 이렇게나 지치고 힘든데 그 길목마다 놓인 장애물 더미에 낙망하고 낙심해서 그만 주저앉고 싶은 나날들도 있었을 것이다.

엄마의 인생은 지금껏 그런 날들이 많았을 거다. 그러나 우리 엄마에게는 어떠한 상황에도, 시련에도, 결코 소멸하지 않는 어떤 착한 빛이 하나 깊숙이 박혀 있는 것만 같다. 그 모든 순간이 닥쳐올 때면 주문처럼 외는 노랫말 하나가 있음으로.

"쨍하고 해 뜰 날 돌아온단다~."

엄마는 자신의 인생이 지긋지긋해지고 정말 좌절할 때면 이 노랫말을 되뇌며 이렇게 말하는 것이었다.

"딸! 쥐구멍에도 볕 뜰 날 있다는데~ 그치? 응? 우리도 그렇겠지? 인생이 어쩜 맨날 비만 내리고 폭풍우만 몰아치겠어. 안 그래? 볕 뜰 날도 있으니 지금껏 살았겠지. 우리 조금만 노력하고 참자. 원래 비온 뒤 하늘이 제일 맑은 법이거든~ 힘내자!"

위로는 엄마가 받아야 하는데. 우리 엄마에게는 어떤 습관이 하나 있는데 그건 위로가 필요한 날엔 다른 이들을 더 위로하는 것이었다(아이러니한 건 이게 전이가 됐는지 나도 종종 엄마의 버릇을 따라할 때가 있다).

그런데 엄마의 이 말에는 참으로 놀라운 힘이 숨어 있는 게 아닌가. 이상하리만치 가슴속에서 따뜻한 기운이 감돈다고 해야 할까? 정말 말처럼 햇볕이 환하게 비치는 상황이 눈앞에 펼쳐진다. 그러다 보면 정말 시름 같은 건 잊고 그 한 날을 생각하며 기분이 개운해지기까지 하는 것이었다. 이럴 때 엄마는 꼭 마술사 같아 보였다. 어쩜 나쁘고 안 좋은 생각을 한 방에 날려 보내는 법을 이렇게나 잘 알고 있는지.

엄마와 달리 나는 엄마만을 위한 그 위로법을 이제야 조금씩 알아가고 있는 중이다. 엄마가 기대올 때 뿌리치지 않는 법을. 마음을 알아달라고 표현할 때 가만히 손 잡아주는 법을. 딸에게 응석을 부리고 싶을 때 바깥나들이로 기분을 달래주는 법을.

우린 여전히 싸우고 여전히 서로의 언어로 다치게도 하고 또 여전히 실수하며 속 끓일 때가 많지만, 엄마와 나는 이 시간들을 함께 지나며 점점 더 성숙의 열매를 맺어갈 거라고. 꼭 그리될 거라고. 굳게 믿는다.

그리고 그런 날이 더 많아지기를, 우리 모녀가 활짝 웃으며 인생의 어느 길목에서 함께 손잡고 뒤돌아볼 수 있는 그날을 나는 기다린다.

——————— 보석 같이 빛나는 나의 엄마에게.

비록 엄마의 인생은 구김이 많고 망가져 찌그러진 부분도 있고 처절하게 밟힌 흔적들도 많지만 엄마의 그 인생들이 없었더라면 나는 이 세상의 빛을 볼 수나 있었을까.

이 세상을 보게 해준 엄마는 언제나 내게 기적이었어.

존재 자체만으로도 내겐 축복과도 같은 기적. 엄마가 있기에 내가 나로, 여자로, 딸로 살아갈 수 있다는 기적. 엄마로 인해 삶이 더 풍성해지고 아름다울 수 있다는 걸 알게 된 기적.

엄마라는 그 길을 나도 언젠가 걷게 되겠지? 그때의 나는 엄마만큼 내가 그 아이를 품어줄 수 있을까. 내 인생을 모두 던질 수 있을까.

아마도 난 엄마만큼은 못할 것 같아. 그때마다 한숨도 짓고 가슴 태우는 날들도 겪겠지만 나는 또 떠올리겠지. 엄마에게 받았던 그 사랑을, 그 헌신을. 그리곤 금방 웃으며 엄마가 그랬던 것처럼 "쨍하고 해 뜰 날 돌아온단다~"를 부를 거야.

엄마. 나의 엄마.

엄마가 활짝 웃을 때 나는 그 웃음을 보는 게 내내 좋았어.

꽃보다 환한 엄마의 웃음이. 보석보다 빛나는 엄마의 얼굴이. 그걸 보고 있는 게 내내 좋았어. 그때마다 엄마가 정말 반짝 반짝 너무너무 예뻐 보였거든. 그래서 엄마의 그 곁에 앉아 내내 같이 있는 게 나는 너무나 행복했어. 이따금씩 삐딱선을 타서 엄마 가슴에 멍드는 말도 많이 했지만 그래도 내가 엄마를 사랑한다는 걸 엄마가 알아줬으면 좋겠어.

엄마. 나의 엄마.
우리는 앞으로도 많은 일들을 겪어나갈 테지만 걱정은 안 해.
이제 진심으로 엄말 사랑하는 법을 알게 됐거든.
있는 그대로 엄마를 바라보는 법을 알게 됐거든.
내게 그런 선물과도 같은 축복이 와서 참 다행이야. 감사해.
나는 엄마와의 날들이 기대가 돼. 우리가 얼마나 서로를 끔찍하게 사랑하며 살아가게 될지. 얼마나 가슴 깊이 서로를 품으며 살아가게 될지. 나는 그런 날들을 꿈꾸며 하루하루 엄마와의 시간을 만들어가길 진심으로 소망해.

사랑하는 엄마. 보석 같이 빛나는 나의 엄마.
진심으로, 내 전력을 다해 엄마를 사랑해.

그동안 진심으로 엄마를 많이 사랑하지 못한 날들에 미안해.
그리고 무엇보다 내 엄마로 살아줘서 고마워.

엄마. 나의 엄마.

엄마도 엄마를
사랑했으면 좋겠어

2020년 04월 07일 초판 01쇄 발행
2024년 01월 10일 초판 21쇄 발행

지은이 장해주

발행인 이규상 편집인 임현숙
편집장 김은영 기획편집팀 문지연 강정민 정윤정
마케팅팀 이순복 강소희 이채영 김회진
디자인팀 최희민 두형주 회계팀 김하나

펴낸곳 (주)백도씨
출판등록 제2012-000170호(2007년 6월 22일)
주소 03044 서울시 종로구 효자로7길 23, 3층(통의동 7-33)
전화 02 3443 0311(편집) 02 3012 0117(마케팅) 팩스 02 3012 3010
이메일 book@100doci.com(편집·원고 투고) valva@100doci.com(유통·사업 제휴)
포스트 post.naver.com/h_bird 블로그 blog.naver.com/h_bird 인스타그램 @100doci

—

ISBN 978-89-6833-256-2 03810
ⓒ 장해주, 2020, Printed in Korea